Nancy Drew Detective

Titre original
Nancy Drew Girl Detective
 # 11 Riverboat Ruse

Carolyn Keene

Nancy Drew Détective

Une croisière périlleuse

Traduit de l'anglais (États-Unis)
par Anna Buresi

BAYARD JEUNESSE

1. Curieux récit

Je pianotais sur le clavier de mon mobile pour téléphoner à Ned, mon copain, quand Bess Marvin, ma meilleure amie, me saisit par la manche :

– Regarde, Nancy ! s'exclama-t-elle. Le voilà !

J'oubliai aussitôt le coup de fil. Un bateau à aubes venait d'apparaître dans la courbe du fleuve, juste au sud des falaises de Riverside Park. Bientôt, je pus lire sur son flanc les lettres noires qui s'y étiraient en caractères gras : THE MAGNOLIA BELLE. Resplendissant sous le clair soleil matinal, il évoquait, avec ses ponts étagés, un gâteau de mariage. Le petit groupe qui s'était massé sur le quai pour assister à l'arrivée de la toute dernière attraction en date de notre petite ville, dans le cadre du 75e Festival estival de la Muskoka River, se mit à applaudir.

George Fayne, la cousine de Bess – et mon autre meilleure amie – s'exclama :

– Pas trop tôt ! J'ai failli attendre !

Bess et George sont cousines germaines, et très unies. En revanche, elles n'ont pas du tout la même approche de la vie ! Bess est profondément optimiste, alors que George est de ces personnes qui voient toujours le verre du dicton à moitié vide, et non à moitié plein.

Pourtant, ce jour-là, elles accueillaient avec le même enthousiasme l'arrivée de la *Magnolia Belle*. Bess avait décroché un stage de quinze jours dans l'équipe technique du navire. Quant à George, elle représentait Vite, à table !, l'entreprise de restauration de sa mère, avec laquelle elle collaborait. Vite à table ! avait raflé un contrat convoité : fournir un événement de vingt-quatre heures sur *La Magnolia Belle*, composé d'un « dîner-mystère » et d'une croisière nocturne entre River Heights et Sutter's Cove.

L'événement était destiné à réunir des fonds pour divers organismes caritatifs. Une quarantaine de nos concitoyens les plus influents avaient acheté des billets pour cette traversée de luxe. Papa s'était procuré deux tickets. Mais, ayant appris à la dernière minute qu'il ne serait pas libre pour l'occasion – le travail avant tout ! – il m'avait suggéré d'inviter Ned. Génial ! L'ennui, c'était que mon copain semblait injoignable...

Je venais de lui envoyer un SMS lorsqu'une voix familière commenta derrière moi :

– Sacré spectacle !

C'était Luther Elridge, un de mes grands amis, qui venait de s'exclamer ainsi. Luther est LE spécialiste de l'histoire de River Heights. Il connaît une foule de choses sur notre région.

– Bonjour ! lui lançai-je. Je ne suis pas surprise de vous voir ici. Il y a un bail que le dernier bateau à aubes a accosté à River Heights, je parie !

Luther répondit du tac au tac :

– Soixante-deux ans, quatre mois et trois jours !

Bess fit remarquer d'un air déçu :

– George nous a montré un vapeur sur le Net, l'autre soir : il était bien plus imposant que *La Magnolia Belle*.

Luther et moi observâmes le bateau. Celui que j'avais admiré en ligne avec Bess, de la taille d'un petit paquebot, était deux fois plus grand que *La Magnolia*. Mais celle-ci avait tout de même fière allure ! Pour ma part, j'avais hâte de monter à bord !

À l'arrière, une grande roue à aubes rouge brassait un sillage d'écume. Des panaches s'élevaient des deux cheminées situées de part et d'autre de la timonerie. Le vapeur avait l'air de surgir des siècles passés ! Mais je notai qu'une antenne radar, au faîte de la timonerie, balayait lentement l'horizon.

Alors que *La Magnolia Belle* accostait, George s'enquit :

– Qu'est-ce qui propulse le bateau ?

– Une chaudière à vapeur, répondirent en chœur Luther et Bess.

Avec un grand éclat de rire, Luther enchaîna en désignant mon amie :

– Je laisse la parole à notre expert en mécanique !

Mais Bess déclina modestement son offre :

– Attendons plutôt les explications d'un technicien d'équipage.

Le bateau avait maintenant achevé sa manœuvre. Des gens commençaient à descendre la passerelle.

– Ce type a tout l'air d'un vieux loup de mer. Je parie que c'est le capitaine, dit Luther.

Il nous désigna un homme râblé, en pantalon

marine, qui parvenait à quai. Il semblait un peu plus âgé que mon père, et sa casquette blanche calée en arrière laissait apparaître une épaisse tignasse de cheveux blonds délavés. Rouge de colère, il se disputait avec un homme dont le maillot était orné d'un bateau à aubes et de l'inscription « Magnolia Belle ».

– J'ignore s'il commande ce vapeur, mais en tout cas, il fait de la surchauffe ! blagua George, qui ne recule jamais devant un trait d'humour « lourdingue ».

Bess et moi levâmes les yeux au ciel. Mais le commentaire de George était justifié : les deux marins semblaient fous de rage ! Le deuxième ressemblait étonnamment à l'écrivain Mark Twain : il arborait une énorme moustache, et ses cheveux blancs plutôt longs dépassaient de son chapeau de paille à l'ancienne mode.

Le sosie de Mark Twain nous aperçut. En guise d'avertissement, il posa une main sur le bras de son compagnon. La dispute cessa. Le capitaine leva les yeux vers nous, et son expression furibonde céda la place à un sourire aimable. Son acolyte, lui, s'empressa de remonter par la passerelle, et disparut à bord.

– Quel comité d'accueil ! Je ne m'y attendais pas, lâcha le capitaine d'une voix traînante avec un accent du Sud très marqué.

Ce fut d'un air plutôt jovial qu'il serra la main de Luther, puis me salua ainsi que mes amies. Pourtant, ses petits yeux au regard aigu et perspicace n'étaient pas vraiment en accord avec son sourire.

– Mike Jones, se présenta-t-il. Mais appelez-moi simplement capitaine Mike.

– Voici Luther Elridge, qui connaît sur le bout des doigts l'histoire de notre ville, lui dis-je. Quant à moi, je m'appelle Nancy Drew. Bess Marvin et George Fayne sont mes amies.

– George Fayne ? fit le capitaine Mike. De Vite, à table ! ?

George acquiesça :

– Je travaille à temps partiel pour ma mère, Louise Fayne. Elle m'envoie jeter un coup d'œil aux cuisines.

Le capitaine agita le bras en direction du pont inférieur, où deux hommes, penchés par-dessus le bastingage, regardaient dans notre direction. L'un était grand et maigre. L'autre, très baraqué, semblait joli garçon, pour autant que je puisse en juger à cette distance.

– Ken ! cria le capitaine. Descends !

Un instant plus tard, le grand maigre nous rejoignait :

– Salut ! Je m'appelle Ken Perkins.

– Ken est un de nos serveurs, expliqua le

capitaine Mike à George. Il va te montrer la cuisine, les équipements et la cambuse, ainsi que ta cabine et celle de ta mère.

– Salut ! lança une deuxième voix, nous amenant tous à tourner la tête.

Le beau garçon venait de nous rejoindre. Il avait des cheveux blond foncé et de superbes yeux bleus. Il s'éclaira à la vue de Bess.

« Rien de nouveau sous le soleil », pensai-je avec amusement.

D'un ton nettement moins enthousiaste, le capitaine reprit :

– Voici Dylan, mon neveu.

– Oh, oui ! Dylan Jones ! s'exclama Bess. Je dois travailler avec toi, en principe. Je m'appelle Bess Marvin.

– Tu es notre stagiaire ? s'étonna Dylan, la dévisageant d'un air éberlué.

J'échangeai un coup d'œil entendu avec George. Au premier abord, les garçons prennent toujours Bess pour une « ravissante idiote »… avant d'avoir la surprise de leur existence ! Bess sait bricoler n'importe quelle voiture, souder et réparer de la plomberie, et a autant de passion pour les outils de bricolage que pour les fringues. Bref, elle ne correspond pas du tout au cliché de la blonde écervelée !

– Oui, répondit-elle, en réprimant un sourire.

Sortant une enveloppe de son sac, elle la remit au capitaine :

– Voici ma lettre d'engagement.

Le capitaine la déplia et la parcourut.

– En effet ! marmonna-t-il. Charpentier confirmé… c'est bien ça… Je suis impressionné ! Tu réussiras peut-être à faire entrer quelque chose dans le crâne de Dylan !

À en juger par son intonation, je n'aurais pas juré qu'il plaisantait ! Dylan non plus, sans doute, car il grimaça.

Déroutée, Bess protesta :

– Oh, non ! L'apprentie, c'est moi ! J'ignore tout des bateaux à vapeur… en dehors de ce que j'ai pu glaner dans les livres.

– Eh bien, il est temps de changer ça ! lança le capitaine. Dylan, montre donc à notre nouvelle stagiaire le compartiment des machines, la chaufferie, l'atelier du bord, et sa couchette, bien sûr.

Se tournant vers Luther et moi, il ajouta jovialement :

– J'imagine que votre distingué historien aimerait visiter le bateau. Allons, venez, je vais vous faire les honneurs de mon navire.

Tandis que Ken emmenait George aux cuisines, Bess et Dylan descendirent vers le pont inférieur. Luther et moi suivîmes le capitaine. Il nous apprit que *La Magnolia Belle* avait trois ponts et soixante cabines. C'était une reproduction, à plus petite échelle, des navires de luxe qui desservaient autrefois les rives du Mississipi et de l'Ohio.

Lorsque nous fûmes parvenus sur le pont supérieur, le capitaine nous emmena vers l'arrière.

– Voici la roue à aubes, nous dit-il. Elle se situe à la poupe, vous êtes donc sur ce qu'on appelle un « vapeur à roue arrière ».

– Si j'ai bonne mémoire, glissa Luther, c'est ce qui a fini par remplacer les bateaux à roues latérales.

– À roues latérales ? C'est-à-dire ? m'enquis-je.

– Les premiers vapeurs avaient deux roues à aubes : une à bâbord – à gauche ; et l'autre à tribord – à droite du maître-couple, précisa le capitaine Mike.

D'étroites marches menaient d'un pont à l'autre à partir des coursives extérieures. À l'intérieur, nous dit le capitaine, il y avait des escaliers normaux, ainsi qu'un ascenseur.

Une double porte donnait dans la salle à manger. Je vis à travers les vitres donnant sur le pont qu'on y avait dressé une estrade. Des acteurs y répétaient la représentation du soir.

Comme nous dépassions le pont Plantation en direction du pont Star et du salon de l'Observatoire, je remarquai un canot de sauvetage suspendu par des cordages à l'extérieur de la structure, vers la proue du pont supérieur. Il était couvert d'une bâche noire.

– Il vous arrive de vous en servir? demandai-je.

– Heureusement, non! s'exclama le capitaine Mike. Les croisières fluviales sont paisibles, en général. Nous tenons compte de la météo. Si on annonce une tempête, nous annulons la traversée.

Luther ajouta:

– Ce n'est pas comme au bon vieux temps, où il arrivait que les chaudières explosent et que les navires accrochent un obstacle invisible.

– Ça non! rigola le capitaine. Il y a un bail qu'on a réglé tous les inconvénients des moteurs à vapeur! De plus, nous subissons chaque année l'inspection au crible de la Coast Guard, la police fluviale. Et tous les deux ans, un examen de fond en comble, pour vérifier l'état de la coque et de la structure. Et puis, nous respectons les règles de navigation. Nous sommes équipés de gilets de sauvetage. Il y a aussi des bouées sur chaque pont, pour le cas où quelqu'un tomberait à l'eau. Ce qui s'est bel et bien produit une fois ou deux ! Des gamins qui se penchaient trop au-dessus du bastingage, conclut en pouffant le capitaine. Ils s'en sont tirés sans mal, heureusement.

– Ça aurait pu être dangereux s'ils étaient tombés près de la roue, fit observer Luther.

– En effet. Nous allons rarement à plus de cinq milles à l'heure, mais elle est lourde et elle crée beaucoup de remous. Quant aux canots, ils ne sont pas obligatoires. Je préfère en avoir tout de même.

– Il y en a plusieurs ? m'enquis-je.

– Deux.

Le capitaine Mike ouvrit la porte qui donnait dans le salon de l'Observatoire. J'entrai la première, suivie de Luther. La pièce lambrissée contenait de nombreux fauteuils et tables de jeu. Un pan de mur accueillait des rayonnages bas où étaient disposés toutes sortes d'ouvrages et revues pour la lecture. Au-dessus de cette bibliothèque, on avait suspendu des cartes et des planches sous-verre. Sous une fenêtre, une carte géographique était étalée sur un classeur à tirettes en bois.

Luther se dirigea aussitôt vers les sous-verre, et les examina.

– Tiens donc ! lâcha-t-il soudain d'un ton

impressionné. Savez-vous ce que vous avez là, capitaine ?

Ce dernier fit signe que non. Curieuse, j'allai voir ce que regardait Luther.

– C'est *La Lucinda Lu*, dit-il en désignant l'illustration qui avait retenu son attention.

– *La Lucinda Lu* ? Ce vapeur a coulé, non ? fit le capitaine Mike.

– Certes ! s'exclama Luther. Le naufrage le plus catastrophique qui ait jamais eu lieu sur la Muskoka, à en croire la chronique locale.

– Ah, il s'est produit dans les parages ?

– Oui, capitaine. Je suis tombé sur d'anciens articles de presse où il était question de la catastrophe, voici quelques mois. Un naufrage accidentel, en principe, mais…

Luther s'interrompit pour mieux ménager son effet, et m'adressa un clin d'œil :

– Nancy va raffoler de cette histoire ! En réalité, il a eu lieu dans des circonstances suspectes : à l'instant où le navire passait au large de Stony Lonesome Island, à quelques kilomètres en amont de River Heights, et vingt-quatre heures après un hold-up dans une banque de Willow Bend, un peu plus loin en aval.

– Vous voulez dire que les bandits ont provoqué une catastrophe ? m'exclamai-je.

– On n'en n'a jamais eu le cœur net. Il y a eu de nombreux morts, sans qu'on puisse déterminer la vérité. Quant au butin, personne ne l'a jamais retrouvé.

2. Tour de passe-passe

L'air sceptique, le capitaine Mike s'enquit :

– C'est une histoire vraie ou une légende ?

– J'ai déniché ce récit dans les archives municipales, répondit en souriant Luther. Depuis, j'ai l'intention de me rendre à Stony Lonesome Island, mais je n'en ai pas encore trouvé le temps. La dernière fois que j'y suis allé, c'était pour un pique-nique scolaire. Cela fait un bail !

– Vraiment, vous ignoriez que le naufrage de la *Lucinda Lu* avait eu lieu dans ce secteur, capitaine ? m'étonnai-je.

D'un signe de tête, le capitaine Mike confirma que oui.

– J'aurais pourtant cru que vous connaissiez

cette histoire par cœur, puisque vous avez navigué sur la Muskoka. Enfin…, je suppose, achevai-je, m'avisant soudain qu'il n'avait rien affirmé de tel.

– Eh bien, fit-il, la supposition est erronée. Je n'ai jamais sillonné ce fleuve. C'est mon second qui a eu l'idée d'organiser des sorties sur la Muskoka, cet été. Il en connaît bien les chenaux de navigation, et, pour ma part, j'avais envie de changer de décor.

Se tournant de nouveau vers Luther, il continua :

– Cette histoire m'intéresse beaucoup. On n'a jamais retrouvé le butin, dites-vous ?

– Non… pas que l'on sache. Au moment du hold-up, dans les années 1870, les autorités ont passé au peigne fin les grottes de l'île. Et, par la suite, toutes sortes de gens les ont explorées. Si l'argent volé y a été caché, il y a belle lurette qu'on a fait main basse dessus !

– Si ce sont les voleurs qui ont provoqué le naufrage, ils avaient probablement des complices sur l'île, qui sont revenus chercher le butin plus tard, glissai-je.

– Bien raisonné ! commenta le capitaine Mike, me décochant un regard aigu.

Il s'approcha du classeur à tirettes pour se pencher sur la carte.

– Luther, reprit-il après l'avoir examinée un instant, apparemment, d'un côté de l'île, il y a des chenaux navigables pour ce bateau.

Luther lâcha avec un haussement d'épaules :

– Je sais peu de chose sur la profondeur du fleuve… juste que les bas-fonds se modifient en fonction de la pluviosité.

– Aucun problème de ce côté-là, cette année, dit le capitaine. Alors, une place gratuite pour la croisière de ce soir, ça vous tente ?

– Vous m'invitez au dîner-mystère ? lâcha Luther, médusé.

– Oui ! Et vu que c'est la pleine lune, et que nous passerons au large de Stony Lonesome Island, nous pourrions greffer à notre programme une petite excursion en canot de sauvetage, non ? Vous feriez une conférence…

– Hé ! Si vous avez de bonnes torches électriques et des lanternes, le coupa Luther, emballé, je peux même improviser une visite guidée des grottes pour les passagers !

Le capitaine parut dubitatif.

– Est-ce que c'est sans danger ?

– Oh, oui ! Ce sont de petites cavernes peu profondes…

– Pas d'ours qui rôdent dans les parages, ou… ?

Je faillis éclater de rire.

– Ce genre de rencontre est plus que rare par ici, capitaine Mike ! intervins-je. Il n'y a pas d'ours dans la région. Quant à l'île, plus personne ne s'y rend de nos jours. Des lycéens y vont parfois en barque, pour pique-niquer. Mais ça m'étonnerait qu'on y traîne la nuit ! Les eaux sont plutôt traîtres dans le secteur.

– Sûrement ! Les cartes relèvent plusieurs chenaux étroits et venteux, sur la Muskoka. Il n'empêche que votre idée est épatante, Luther ! Je ne suis sûrement pas le seul qui adorerait connaître l'histoire de cette île ! Vous pourriez aussi pimenter un peu la soirée en nous racontant l'histoire de la *Lucinda Lu*...

– Marché conclu ! lança Luther, topant avec le capitaine.

– *La Magnolia Belle* est vraiment classe ! s'écria George, enthousiaste, tandis que je la ramenais à la boutique de restauration de sa mère, dans Chesnut Street.

Après la visite du bateau, Luther était retourné chez lui pour préparer son nécessaire de voyage. De mon côté, j'avais rejoint George.

– Il y a même une connexion sans fil à l'Internet ! reprit-elle.

– Génial… tu pourras naviguer sur la Toile avec ton ordinateur quand tu en auras le temps, dis-je en me garant devant Vite, à table ! Au fait, tu vas donner un coup de main en cuisine ou servir en salle ?

– Je serai dans la cuisine, répondit George. Il y a quatre serveurs sur le bateau. Trois hommes – dont Ken, que tu as rencontré tout à l'heure –, et une fille qui a l'air rigolote.

Espérant que mon amie pourrait venir s'attarder à ma table, je remarquai :

– Tu ne seras pas obligée de servir en extra, alors.

– Je n'en sais rien. Il faudra quand même que je m'habille, au cas où. Pantalon noir, chemise blanche et chaussures bien cirées, tu vois le genre, dit-elle en grimaçant.

George déteste faire des frais de toilette, et ne s'intéresse pas beaucoup aux « fringues ». À son avis, c'est une perte de temps.

– Tu pourrais me donner un coup de main, cet après-midi ? s'enquit-elle en descendant de voiture. Je dois apporter des provisions et du matériel sur le bateau, et ma voiture est encore en panne. Je ne peux pas utiliser la fourgonnette de l'entreprise, maman en a besoin.

– Pas de problème, fis-je. On se retrouve vers quatorze heures, si ça te va.

Puis je pris le chemin de la maison. Il fallait que je m'entende avec Ned ! Nous serions placés à la table d'Agnès Mahoney, une des personnes les plus fortunées de River Heights, et une bonne cliente de mon père. Nous sommes devenues amies au fil des ans, et elle m'invite de temps à autre à prendre un thé chez elle. C'est une femme de grande élégance.

Lorsque je téléphonai chez Ned, je tombai sur sa mère. Mme Nickerson m'apprit qu'il était à Camp Muskoka, un centre aéré de lecture et de sport pour les enfants défavorisés, où il fait du bénévolat. Comme il allait emmener les enfants au bord du fleuve, pour leur montrer *La Magnolia Belle*, elle me suggéra de le rejoindre là-bas.

D'abord, je devais choisir ma toilette pour le dîner-mystère, et prendre des vêtements de rechange pour le lendemain. Je finis par jeter mon dévolu sur un pantalon marron, taille basse, et une chemise en soie à motifs bleus et fauves, que Bess m'avait poussée à acheter, car, à l'en croire, ces teintes s'harmonisaient avec mes cheveux blond vénitien et faisaient ressortir mes yeux bleus. Selon moi, cette tenue était à la fois habillée et confortable : elle conviendrait pour le dîner et pour l'excursion – si le projet de Luther se concrétisait.

Lorsque mon nécessaire de croisière fut prêt, je laissai un petit mot affectueux à Hannah, notre gouvernante, qui était sortie. Puis, expédiant à la volée mon sweat-shirt bleu à capuche sur le siège arrière de ma voiture, je partis chercher George.

Il y avait foule, au port de plaisance, lorsque nous arrivâmes. Une bonne moitié de River Heights semblait s'être donné le mot pour venir admirer *La Magnolia Belle* ! Un membre de l'équipage distribuait des dépliants publicitaires aux gens massés à quai, et répondait à leurs questions. Car, après la croisière caritative, le vapeur serait accessible pour des traversées touristiques.

J'aidai George à décharger son attirail au bout du quai, puis je dénichai une place de stationnement. À mon retour, je trouvai mon amie en grande conversation avec mon copain. Elle avait réquisitionné un chariot pour y entasser ses provisions de bouche, et était plantée devant Scalawags, le snack de Joe Renaldi. Tout en l'écoutant, Ned surveillait la ribambelle de gamins qui faisaient la queue pour acheter une glace. Tous avaient un T-shirt rouge au dos duquel était imprimé : « Camp Muskoka ».

– Ah, enfin, Nancy ! s'écria Ned en me voyant.

Après l'avoir salué d'un baiser rapide, je lui demandai :

– Alors, prêt pour ce soir ?

– Pas encore. Je n'aurai pas le temps de passer te chercher en voiture, désolé. Je dois raccompagner les enfants au centre aéré, puis aller me changer et prendre mon sac. On se retrouvera sur le bateau.

– Y'a pas de souci ! fis-je. Tu vas adorer *La Magnolia Belle*, tu verras.

– J'ai hâte d'être à bord ! On la croirait tout droit sortie de *La vie sur le Mississipi*, de Mark Twain ! J'ai parlé de *Tom Sawyer* aux gamins, pour qu'ils le lisent, mais ça n'a pas eu l'air de les intéresser beaucoup…

– Parce que tu n'as pas eu recours à la corruption ! blagua George avec un geste en direction du vapeur.

Au bas de la passerelle, une grande jeune fille environnée d'un groupe d'enfants puisait

dans un grand fourre-tout, distribuan
jouets. De là où nous étions, je ne dist
pas de quoi il s'agissait.

– Je ferais mieux d'aller jeter un coup d'œil, dit Ned.

Je redescendis le quai avec lui, tandis que George nous escortait avec son chariot plein. À mesure que nous approchions, je vis que la fille était belle. On remarquait, en particulier, ses grands yeux sombres frangés de cils épais. Repérant Ned, elle lui adressa un large sourire, qu'il lui rendit.

Je ne suis pas du genre possessif, et pourtant ! Tout à coup, j'aurais aimé que Ned soit moins beau, ou bien moins amical…

– C'est une des actrices, j'imagine, dis-je.

– Hillary ? Pas du tout ! C'est la serveuse, m'apprit George.

Arrondissant ses mains en porte-voix devant sa bouche, elle cria :

– Ohé, Hillary ! Viens, que je te présente !

Hillary se retourna. Puis elle avança vers nous avec la souplesse gracieuse d'une danseuse ou d'une athlète, en braquant son regard sur Ned. Pour le coup, je me sentis vraiment jalouse !

– Salut ! lança-t-elle en tendant la main à mon copain. Je suis Hillary Duval.

Je vis que George haussait les sourcils. « Tiens, tiens…, pensai-je. Mon alerte radar ne m'a pas trompée ! Voleuse de copain en vue ! »

George intervint :

– Hillary, je te présente Ned Nickerson et Nancy Drew, dont je t'ai parlé.

– Oui, ta meilleure amie, dit Hillary.

Elle m'adressa un sourire qui semblait sincère, et ajouta en me serrant la main :

– Tu participes à la croisière, c'est ça ?

Ce fut Ned qui lui répondit, en m'enlaçant par les épaules et en déposant un baiser sur ma joue :

– Oui, et moi aussi.

Hillary capta le geste de Ned, et parut déçue. Ce ne fut qu'un instant fugitif, car une voix enfantine hurla soudain :

– Je te déteste !

– Qu'est-ce qu'il y a, encore ? soupira Ned, se précipitant vers les enfants qui se bousculaient devant le snack.

Une fillette criait après un garçonnet. Entre eux, sur le sol, gisaient les restes d'un cornet de glace à la fraise.

– Lauren, que t'arrive-t-il ? s'enquit Ned.

– Luis m'a frappée ! Il a fait tomber ma glace ! geignit-elle.

– Luis, ce n'est pas gentil du tout de frapper

ses camarades ! dit sévèrement Ned. Allons, ne pleure pas, Lauren, nous allons t'acheter un autre cornet.

Alors qu'il fouillait dans sa poche, je devinai à son expression effarée qu'il avait encore oublié son portefeuille ! Cela lui arrive constamment, et Bess prétend même que c'est une des raisons pour lesquelles nous sommes si bien assortis... Je suis plutôt distraite, je l'avoue ! Hillary fut la première à réagir :

– Lauren, tu veux que je te montre un truc génial ?

La petite fille secoua la tête et recommença à pleurnicher.

Sans se laisser décourager, Hillary glissa sa main derrière l'oreille de Lauren, puis la ramena en avant, poing fermé. Elle ouvrit les doigts, et un billet d'un dollar apparut au creux de sa paume.

Lauren cessa aussitôt de pleurer.

– Comment tu as fait ça ? s'exclama-t-elle.

Ned compléta le dollar par quelques pièces de monnaie, et Lauren, perdant aussitôt sa curiosité, se précipita chez Scalawags.

– Super, ton numéro ! dit mon copain à Hillary.

– Oh, ce n'est rien, lâcha-t-elle en haussant les épaules. Une de mes copines de lycée adorait la magie. Elle m'a appris quelques tours lorsque nous étions en pension. Ça peut toujours être utile. La preuve !

– Je croyais que les prestidigitateurs ne dévoilaient jamais leurs secrets, observa George avec son franc-parler habituel.

– Ah, parce que j'ai révélé quelque chose ? plaisanta Hillary. Effectivement, les magiciens ne divulguent pas leurs astuces. Mais ça ne s'applique sûrement pas aux tours de passe-passe qu'on apprend avec les kits de magie pour enfants !

Elle lorgna le chariot de George, et continua :

– J'ai une bien meilleure astuce pour escamoter tout ce tas : elle s'appelle « huile de coude » !

– Bon, il faut que j'y aille, me glissa Ned. À plus !

– Téléphone-moi sur mon mobile si tu as besoin de me joindre. Je ne retournerai pas chez moi, j'ai tout ce qu'il me faut. Pour le dîner-mystère, je me changerai sur place. Et n'oublie pas que le bateau part à sept heures et demie précises ! lui lançai-je comme il commençait à s'éloigner avec sa petite troupe.

George, Hillary et moi étions occupées à trier le matériel de George lorsque Bess arriva, trimballant plusieurs sacs de la quincaillerie Garber's Hardware.

– Houla ! Elle n'a pas l'air contente ! marmonna George.

C'était le moins qu'on puisse dire !

– Tu en fais une tête ! Qu'est-ce qui t'arrive ? demandai-je à Bess.

– Bof, rien, je...Eh bien, depuis cinq heures que je bosse sur ce bateau, j'ai passé mon temps à courir les boutiques ! râla-t-elle. Je suis allée deux fois chez Mugged pour acheter des lames, j'ai inventorié le contenu de trois boîtes à outils, et là, je reviens de mon troisième voyage à la quincaillerie. Zut ! J'ai postulé pour être « mécanicien stagiaire », pas « coursier » !

Hillary éclata de rire :

– Si tu travailles avec Dylan, tu auras plus que l'occasion de mettre la main à la pâte, sois tranquille !

– Mais c'est Dylan qui m'a chargée de tout ça ! souligna Bess.

– Attends, et tu verras, dit mystérieusement Hillary.

Là-dessus, hissant sur son épaule deux des sacs de grosse toile de George, elle ouvrit la marche vers *La Magnolia Belle*.

En route vers la cuisine, nous passâmes devant les portes ouvertes de la salle à manger.

Les chaises étaient posées tête-bêche sur les tables, et un membre d'équipage passait l'aspirateur sur la moquette. Mon attention fut attirée par la scène, surélevée, qui occupait un pan de la pièce élégamment décorée. Près des feux de la rampe, le sosie de Mark Twain agitait un script en direction d'une femme au mince visage, aux cheveux auburn, d'environ une cinquantaine d'années. Elle était d'une beauté saisissante, avec quelque chose de hanté, de fané aussi. Elle semblait sur le point de fondre en larmes.

– Ressaisis-toi, Cassidy ! La représentation a lieu dans quelques heures, et tu ne maîtrises toujours pas ton texte ! dit l'homme, à bout de patience.

– Il manque deux pages dans mon script ! cria-t-elle. Quelqu'un ou *quelque chose* m'en veut sur ce bateau de malheur !

3. Malédiction

Cassidy dévala les marches d'accès à la scène et traversa la salle à manger en toute hâte. Elle pleurait. L'homme se précipita à sa suite :

– Cassidy, reviens ! J'ai manqué de sang-froid, je m'excuse.

Parvenue à mi-chemin de l'escalier qui menait au pont supérieur, l'actrice se retourna et cria dans un sanglot :

– Laisse tomber !

Puis elle envoya valser son script. Son compagnon se baissa prestement pour récupérer le scénario, en commentant :

– Tu deviens folle !

– Ah ! Tu trouves ? fit-elle, la lèvre frémissante. D'abord, le médaillon, et maintenant, ça !

Je n'en peux plus ! Il y a un mauvais sort sur ce spectacle, je te dis ! Alors, trouve quelqu'un d'autre pour le premier rôle féminin !

Là-dessus, elle acheva de grimper l'escalier, et, un instant plus tard, on entendit claquer une porte. L'homme, qui l'avait suivie du regard, resta un moment figé ; puis, secouant la tête, il retourna vers la scène où chuchotaient deux autres acteurs.

Hillary nous fit signe de continuer vers les cuisines. Dès que la porte battante de séparation entre l'office et la salle à manger se fut refermée, j'observai :

– Un *mauvais sort* ? Elle exagère un peu, non ?

Hillary rigola.

– C'est le trac ! Typique. Dès que quelque chose cloche, elle rejette ça sur le destin, l'horoscope…

– Le marc de café…, suggéra George.

– En plein dans le mille, approuva Hillary. Mais je commence à me demander si elle n'est pas paranoïaque.

Levant les yeux du plan de travail, où il était occupé à plier en triangles nets une série de serviettes, Ken s'avança pour délester Hillary d'un sac en demandant :

– Paranoïaque ? Qui ça ?

– Cassidy, précisa Hillary. Elle est persuadée que quelqu'un lui en veut !

– Arrête, Hillary ! Elle a quand même des raisons de croire qu'il se passe quelque chose de tordu à bord, s'insurgea Ken. Surtout après ce qui s'est produit.

– Qu'est-ce qui est arrivé ? fis-je, déposant le carton d'épicerie que je portais.

– Son médaillon a disparu, pour commencer, révéla Ken.

George s'enquit aussitôt :

– On le lui a volé ?

– Sans doute. Il n'a pas une grande valeur, selon elle ; elle y tient parce que c'est son porte-bonheur. Elle est convaincue qu'elle ne peut pas jouer sans ça. Et en fait, depuis qu'elle ne l'a plus, elle a perdu tous ses moyens !

« Ça promet ! » pensai-je. La représentation du soir risquait d'être compromise...

– Cassidy tient le rôle principal ? voulus-je savoir.

– Oui, répondit Hillary. Elle donne la réplique à Toby Marchand.

– Toby Marchand ? Je ne connais pas cette actrice, commenta George, qui entassait des cartons de lait dans le réfrigérateur.

– Toby est un *homme*, rectifia en riant Hillary. C'est le type à la moustache. Il dirige

The Riverside Players – sa troupe, quoi. L'hiver, ils restent basés dans le Minnesota ; en été, ils se transforment en compagnie itinérante. Toby est à la fois producteur et directeur, et il lui arrive encore de monter en scène. Il joue le rôle du méchant, ce soir.

– Les comédiens sont souvent très superstitieux, soulignai-je. Alors, il est logique que, pour Cassidy, la perte de son porte-bonheur soit une sorte de malédiction.

– Ça ne s'arrête pas là ! continua Ken. On murmure dans l'équipage. Et ici, en cuisine, il y a aussi des choses qui ont disparu. Le plan du placement des gens pour la fiesta de ce soir, par exemple.

Hillary leva les yeux au ciel :

– Tu ne vas quand même pas nous faire un réveillon pour une feuille de papier ! On a reconstitué la liste, et puis c'est tout.

– Pourquoi quelqu'un ferait-il disparaître un plan du placement des convives ? fit George.

– Va savoir…, murmurai-je.

Je me demandai pourtant *qui*, au départ, avait attribué des places aux invités de la croisière. Je n'eus pas le temps de poser la question, car Ken ajouta :

– En tout cas, c'est une drôle de coïncidence qu'un raté informatique ait aussi effacé de l'ordinateur le tableau de l'affectation des cabines.

– Tu parles d'une affaire ! le railla Hillary. Il a suffi de réinsérer les données en veillant à ce que les plus gros donateurs soient les mieux lotis.

– Tout ça n'a pas l'air bien méchant, observai-je, alors que nous repartions chercher le reste de l'approvisionnement avec Ken.

Comme nous traversions de nouveau la salle à manger, je remarquai que deux machinistes réglaient les feux de la rampe. Toby et les acteurs n'étaient plus là.

S'immobilisant au niveau de la passerelle, Ken dit en désignant la proue :

– Qu'une liste soit égarée, ou même volée, ça peut paraître insignifiant, OK. Mais la disparition d'un canot de sauvetage ? Il en manquait un, hier.

– Effectivement, c'est beaucoup plus sérieux ! convins-je.

Mon fameux sixième sens était soudain en alerte. « Il y a du louche dans l'air ! » pensai-je, tandis que George, à qui ma réaction n'avait pas échappé, me décochait un regard entendu.

– Maintenant, le canot *est là*, souligna Hillary. Il y en a qui ont dû s'offrir une baignade au clair de lune… En *duo*, je parie.

Avec l'aide de Ken, nous achevâmes de

monter à bord les provisions de Vite, à table !

Je pris dans ma voiture mon bagage et mon sweat à capuche, et allai les remiser dans ma cabine. Ensuite, je me mis en quête de Bess. Sur le pont inférieur, un mécanicien me dirigea vers une petite pièce adjacente à la chaufferie, dont la porte était entrouverte. En approchant, je perçus des éclats de voix, puis le fracas d'un objet heurtant le sol.

– Très bien, vas-y, tu n'as qu'à me montrer ! s'écria Dylan, railleur.

Je n'entendis pas la réponse de Bess. Passant une tête dans l'entrebâillement, je vis qu'elle se trouvait devant un grand tableau de distribution électrique, une clé hexagonale à la main. Dylan lui décochait un regard noir. Une paire de pinces gisait à terre. C'était sans doute lui qui l'y avait expédiée !

Soudain, une porte marquée de l'inscription CHAUFFERIE – ENTRÉE INTERDITE s'ouvrit. Un homme d'environ cinquante ans apparut, s'avança en boitillant, puis referma le battant derrière lui. Il s'appuyait sur une solide canne en bois. Malgré sa claudication, il avait la silhouette compacte et musclée d'un athlète. Il avait dû être très fort, dans sa jeunesse.

L'air à la fois contrarié et amusé, il regarda

tour à tour Dylan, les pinces gisant à terre, p...
Bess – et la clé hexagonale.

– Tiens, tiens..., fit-il. Je vois que tu comptes t'attaquer au satané écrou de la porte du tableau de distribution, Bess. Depuis combien de temps figure-t-il sur la liste des choses à rafistoler, Dylan ? Un bon mois au moins, non ?

Dylan marmonna avec contrition, en se dérobant au regard bleu et perçant du nouveau venu :

– Je n'ai jamais le temps de m'y mettre...

– Ben voyons ! commenta son interlocuteur.

Il m'aperçut alors, et ajouta :

– Et toi, qui es-tu ?

– C'est ma grande amie Nancy, Cab, glissa Bess. Une invitée de la croisière.

Elle continua en se tournant vers moi :

– Je te présente Cab Mitchell, le second de ce bateau. Il supervise les techniciens et le personnel d'entretien.

– Salut ! lança Cab, s'avançant vers moi, main tendue.

Je remarquai une petite ancre tatouée sur le dos de sa main gauche. Il me regardait droit dans les yeux, avec une expression ouverte, et il avait l'air d'avoir les pieds sur terre. Je le trouvai tout de suite sympathique.

– Enchantée de vous connaître, répondis-je.

Je prêtai alors attention à sa canne : elle était très ancienne et, bien que le pommeau sculpté fût presque entièrement dissimulé par sa main, je pus voir qu'il représentait la tête d'un animal.

– Votre canne est superbe, dis-je, en espérant qu'il me permettrait de l'examiner de plus près. Elle est en ébène ?

– Ah, tu l'as remarquée ? s'étonna-t-il.

– Rien n'échappe à Nancy ! rigola Bess.

– Arrête ! protestai-je en rougissant sous le regard intense de Cab.

Je déteste qu'on vante mes dons d'observation devant de parfaits étrangers !

– Votre canne a attiré mon regard, c'est tout, dis-je à Cab. Elle est vraiment belle. Et le pommeau sculpté semble peu ordinaire. De son vivant, Cornelius, le mari d'Agnès Mahoney, collectionnait des cannes du même genre. Elle aimerait sûrement admirer celle-ci.

– Et moi, j'aimerais voir sa collection ! fit Cab avec un large sourire. Je n'ai jamais eu les moyens d'acquérir beaucoup de pièces. Même si ce n'est pas seulement un accessoire, pour moi. J'en ai besoin !

Il me fit voir alors le pommeau. Il représentait un chien, mâchoires ouvertes, qui découvrait les dents avec une expression de férocité.

– C'est prodigieux ! m'exclamai-je.

– Stupéfiant, commenta Bess. On peut littéralement compter ses dents. Tu as vu ça, Dylan ?

Je dissimulai un sourire. C'était bien de Bess, ça ! En invitant Dylan à se joindre à nous, elle cherchait à enterrer la hache de guerre. Dylan consentit à lâcher :

– Oui. C'est vraiment *cool*.

– Bess, Dylan... Il est temps de s'y remettre, non ? lança Cab. Je m'apprêtais à expliquer comment la vapeur des chaudières parvient au moteur, Nancy. Mais il y a eu une petite anicroche.

Il jeta un coup d'œil du côté de Dylan, qui pinça les lèvres mais ne dit mot. Se tournant de nouveau vers moi, Cab ajouta :

– Tu peux rester, si ça t'intéresse.

J'étais en effet plutôt curieuse de savoir comment fonctionnait le moteur à vapeur !

Bess ramassa la pince, que Dylan lui ôta des mains pour l'accrocher à un panneau perforé, chargé d'outils. Bess me décocha un regard, et haussa discrètement les épaules.

Cab poussa la porte de la chaufferie ; une suffocante bouffée de chaleur parvint jusqu'à nous.

– Ton amie Bess m'a exposé ses connaissances sur la propulsion à vapeur, me dit-il.

Dylan soupira en levant les yeux au ciel :

– Ce genre d'information est à la portée de n'importe qui !

– C'est vrai, reconnut Bess. Je l'ai trouvée sur l'Internet. Mais en vrai et en trois dimensions, c'est beaucoup plus clair !

Toute à sa passion, elle courut se pencher sur les deux chaudières.

– Ça, ce sont sûrement les jauges de pression... Et où sont les soupapes de sûreté ?

Dylan grommela en se grattant la tête :

– Mais comment sait-elle des trucs pareils ?

– Bess adore la mécanique, lui précisai-je, le prenant en pitié. Au lycée, quand elle suivait l'atelier de travaux manuels, elle a participé au concours fédéral de Monsieur Répare-tout. C'est elle qui a gagné.

– *Monsieur* Répare-tout ? balbutia Dylan. Euh... Oui, bien sûr... la célèbre entreprise de bricolage... Qu'est-ce qu'une fille peut aller faire dans un atelier de travaux manuels ? Alors là, ça me dépasse.

« Certes ! » pensai-je. Ignorant le commentaire, je prêtai l'oreille aux explications de Cab, posté avec Bess à côté d'une chaudière. Tous deux fixaient un réseau de grosses tuyauteries d'aspect costaud.

Bess tapota une jauge. Regardant par-dessus

son épaule, je vis que l'appareil comportait plusieurs cadrans avec des chiffres. La série supérieure de nombres figurait dans une zone rouge indiquant « Danger ».

– Que se passe-t-il si ces soupapes de sûreté lâchent ? demanda Bess.

– Cela n'arrive jamais ! soutint Cab, plutôt brusque.

Puis, lui tapotant l'épaule, il ajouta :

– Ne t'inquiète pas. Ces systèmes sont régulièrement contrôlés.

Je fus pour ma part soulagée de l'apprendre. Mais Bess semblait un peu irritée. Elle aurait aimé avoir des informations plus détaillées, de toute évidence. Pourtant, Cab nous entraîna dans une pièce adjacente pour nous montrer les tuyauteries qui alimentaient en combustible les réchauffeurs placés au faîte des chaudières.

– Le chauffeur doit maintenir la pression manométrique aux alentours de deux cents livres par pouce carré, expliqua-t-il.

– Ensuite, enchaîna Bess, la vapeur pousse les pistons reliés à ces tiges, elles-mêmes reliées à la pompe d'injection…

– *Fuiou* ! siffla Cab, admiratif. Tu es un sacré numéro, blondinette !

Bess grimaça au surnom « blondinette ». Quant à Dylan, apparemment soulagé de savoir quelque chose qu'elle ignorait, il glissa :

– Ces tiges sont des *bielles*.

Cab, pas dupe, lui décocha un coup de coude amical.

– Tu es censé connaître tout ça, lui dit-il. Il y a deux mois que tu travailles sur *La Magnolia Belle*. Et tu as toujours été pendu aux basques de ton oncle, qui t'emmenait sur les bateaux qu'il pilotait dès ton plus jeune âge. Alors que cette demoiselle est à bord depuis… combien ? Cinq ou six heures ? Je suis impressionné !

Bess rougit. Cependant, à l'insu de Cab et de Dylan, elle m'adressa un V de la victoire.

Soudain, la sono du bateau grésilla, et on entendit le capitaine Mike :

– On demande Cab à la timonerie ! Cab à la timonerie !

– La voix de mon maître ! plaisanta Cab. Bon, Dylan… je compte sur toi pour achever l'inspection des disjoncteurs. Ensuite, tu iras surveiller un peu les machinistes de la troupe. Ils doivent bricoler l'éclairage pour les besoins de la représentation. Veille à ce qu'ils ne bousillent pas un de nos autres circuits électriques.

Il gagna le seuil mais se détourna avant de sortir, et lança avec un clin d'œil :

– Et toi, Bess, garde un œil sur Dylan ! C'est un fauteur de troubles !

4. Signaux mystérieux

On m'avait donné une cabine vraiment géniale ! Elle donnait sur le pont Plantation, côté port. Comme nous remontions le fleuve, j'avais une belle vue sur le couchant, et sur les collines de Stony Lonesome Island, posée à mi-parcours, juste au nord de l'endroit où nous nous trouvions. La brise s'engouffrait par les volets ouverts, et j'entendais le clapotis de l'eau brassée par la roue à aubes. Bien que nous fussions en route depuis moins d'une heure, j'étais déjà habituée à la lointaine vibration du moteur, dans les entrailles du navire.

Je m'habillai pour le dîner, et m'examinai dans un miroir. Mon écran solaire était décidément inefficace : le bout de mon nez était tout rouge ! Je m'efforçai de masquer ce coup de soleil avec un soupçon de fond de teint, puis, prenant ma pochette de soirée bleue, je gagnai le pont principal pour retrouver Ned.

Agnès Mahoney l'avait rejoint avant moi. Accoudés au bastingage en bois noir, ils contemplaient le coucher du soleil, qui disparaissait peu à peu derrière les arbres de la rive opposée.

Mme Mahoney était sensationnelle dans son tailleur pantalon très simple et très classe. Ses cheveux gris étaient légèrement agités par le vent, et elle semblait détendue et heureuse de vivre. Elle sourit en m'apercevant.

– Bonsoir, Nancy ! Tu es ravissante, dis-moi ! Je suis ravie que Ned soit avec nous, même si je regrette que ton père ne puisse pas participer à la croisière.

– On ne peut pas tout avoir, admis-je, en m'accoudant au bastingage.

C'est alors que je remarquai le collier de Mme Mahoney : un bijou réellement exceptionnel, composé d'une longue chaîne et d'un pendentif ovale, en or filigrané, avec une pierre précieuse d'un vert intense.

– Je n'avais jamais vu ce pendentif ! Il est sublime ! m'écriai-je.

– C'est un trésor de famille, dit-elle, en le maniant d'un air rêveur. Il est très ancien, et d'origine française. Il a appartenu à la mère de Cornelius, qui prétendait qu'il remontait à l'époque du roi Louis XIV !

Elle fit scintiller la gemme à la lumière :

– C'est une véritable émeraude.

– Et vous le portez ? s'étonna Ned.

– Je ne devrais pas, convint-elle d'un air penaud. Il est assuré, évidemment. Mais la fermeture n'est pas très bien assujettie. Je me promets toujours de le confier à Dave, de Jewels & Gems, pour qu'il ajoute une chaînette de sûreté, et puis, comme je le mets rarement, j'oublie. J'adore ce collier, je n'ai pas pu résister à l'envie de l'avoir ce soir. Il s'harmonise à merveille avec les toilettes que j'ai emportées.

– Vous ne devriez pas remettre les choses au lendemain. Il serait dommage de le perdre, observa Ned.

– Tu as raison, reconnut Mme Mahoney. Si par malheur cela arrivait, je serais indemnisée par l'assureur, mais ce serait tout de même une grande perte. C'est un bijou unique, irremplaçable – pour des raisons sentimentales, et parce que c'est une pièce digne d'un musée.

Elle marqua un temps d'arrêt songeur, puis reprit :

– Parler de musée me fait penser à Luther…. Le capitaine l'a placé à notre table. C'est amusant qu'il navigue avec nous !

Soudain, des aboiements retentirent.

– Il y a un chien à bord ? fit Ned. À qui peut-il être ?

En nous retournant, nous vîmes venir une femme d'allure sportive : Nadine Tucker, la principale bienfaitrice de Animal Haven – un refuge pour animaux de River Heights – et une des meilleures amies d'Agnès Mahoney.

– Nadine ! s'écria cette dernière. Tu es rentrée de Hong Kong !

– Lundi dernier, précisa Mme Tucker.

Tenant son petit chien au creux de son bras gauche, elle se pencha vers son amie, et fit retentir deux baisers à proximité de ses joues, sans les toucher réellement. Puis, comme l'animal ne cessait de gigoter, cherchant à se libérer pour partir en exploration, elle s'exclama d'un ton vif :

– Fizzy Lizzy, veux-tu bien cesser !

– *Fizzy Lizzy* ? pouffa Mme Mahoney. Quel nom extravagant !… Au fait, Nadine, tu connais Nancy, bien sûr. Et voici Ned Nickerson.

– Le fils de James Nickerson, de *L'écho de River Heights* ? dit Mme Tucker.

– Exactement, répondit Ned.

– J'ai croisé ton père en rentrant de New York, la semaine dernière. Il se rendait à une convention. Sinon, il serait ici ce soir, j'imagine.

Touchant le bras de son amie, Mme Mahoney glissa :

– Tu ne nous as toujours pas expliqué d'où vient le nom de ton adorable toutou ! Au fait, de quelle race est-il ?

– C'est un bichon frisé, déclarai-je à la surprise générale. Si vous vous demandez pourquoi je le sais, eh bien, j'ai dû enquêter dans le cadre d'une exposition canine, une fois. Et j'en ai appris plus que je ne l'aurais voulu sur nos amis à quatre pattes !

– Je vois, dit Mme Tucker. Je ne suis pas sûre que Fizz qui, en fait, est une chienne, soit de pure race. De plus, elle ne m'appartient pas… enfin, pas encore. Sadie Washington, son ancienne propriétaire, l'avait ramenée du Sud cet hiver après une visite à sa nièce. Elle l'avait recueillie, car elle errait sur les routes. Après la mort de Sadie, le mois dernier, sa famille a déposé Fizz au refuge. Je m'occupe d'elle en attendant qu'elle ait un foyer.

Ned caressa la chienne. Cessant d'aboyer, elle lui lécha les doigts.

– Il ne devrait pas être difficile de lui

trouver un abri ! commenta-t-il. Elle semble très affectueuse.

– Fizz est aussi une bonne chienne de garde, ajouta Mme Tucker. Chaque fois qu'elle entend un écureuil dans le jardin, elle fait un boucan de tous les diables, à croire qu'on est envahis par les cambrioleurs !

– Sait-elle exécuter des tours ? m'enquis-je.

– Je l'ignore. Mais je pourrais sans doute lui en apprendre !

– Pourquoi cette question, Nancy ? me demanda Agnès Mahoney.

– Les bichons frisés sont souvent des chiens de cirque, lui répondis-je. En tout cas, c'était leur rôle traditionnel, autrefois.

– Fascinant, fit Mme Mahoney, grattant la chienne derrière les oreilles. Mais pas autant que Hong Kong ! Je veux tout savoir sur ton voyage, Nadine ! Allons voir si on nous a placées ensemble… Ah, la jeune fille des petits-fours ! Laissons-nous tenter.

Sur un au revoir, elle s'éloigna avec son amie.

Je les regardai se diriger vers la salle à manger. Elles croisèrent Hillary, en uniforme de serveuse, qui leur proposa un assortiment de canapés disposés sur un plateau. Lorsque Mme Mahoney et Mme Tucker furent servies, Hillary s'approcha de nous.

– Salut ! lança-t-elle.

Je constatai avec satisfaction qu'elle ne semblait plus « s'intéresser » à Ned.

– Mmm... comme c'est appétissant ! commenta mon copain.

– Et ça sent bon ! enchéris-je. La mère de George s'est encore surpassée !

Alors que nous nous servions, Hillary me confia avec un sourire entendu :

– Je crois que le spectacle se déroulera sans problème.

– Ah ?

– Médaillon ou pas, Cassidy Norman a *repris ses esprits*, continua-t-elle, souriant de son propre trait d'humour.

Puis elle recommença à circuler sur le pont, présentant son plateau à d'autres passagers. Ayant croqué sa mini-pizza, Ned eut un geste en direction de Mme Tucker et de Mme Mahoney, qui bavardaient avec Ken à l'entrée de la salle à manger.

– Quelquefois, je ne comprends pas les riches, me dit-il. Avec tous les trésors qu'ils entassent ! Moi, si je possédais un pareil bijou, je le vendrais, et j'en tirerais assez d'argent pour inviter une douzaine de gosses à passer l'été à Camp Muskoka.

– Ned, je t'en prie ! protestai-je.

Mme Mahoney est très généreuse ! Elle sponsorise une grande partie des entreprises caritatives de River Heights, et leur consacre beaucoup de temps et d'énergie. Tu le sais parfaitement !

Il parut contrit.

– Désolé, Nancy. C'est juste qu'elle semble si négligente avec ce bijou de valeur…

– Voyons, tu la connais aussi bien que moi ! Elle fait très attention, au contraire, et elle a horreur du gaspillage. Tu l'as entendue, quand même. Elle veut apporter ce collier chez Dave. Elle n'en a pas encore eu le temps, voilà tout.

Je n'eus pas le loisir d'en dire plus. Un carillon fit résonner à travers tout le bateau son tintement sinistre – *dong ding dong dong*. Ayant échangé un regard, nous éclatâmes de rire en chœur.

– Le carillon qui annonce le dîner-mystère, je parie, dit Ned.

Alors qu'il se dirigeait vers la salle à manger, je préférai m'attarder pour savourer la fraîcheur de la brise. J'allai m'accouder au bastingage. *La Magnolia Belle* s'était beaucoup rapprochée de Stony Lonesome Island. Je distinguais maintenant le bouquet de pins perché sur sa falaise la plus proche. Nous allions sûrement parvenir à proximité des parois rocheuses peu après souper, comme le capitaine nous l'avait promis.

Au-dessus de l'île, le ciel était d'un indigo lumineux et intense, et les restes du couchant teintaient de rose pâle les à-pics. Je voulus appeler Ned pour qu'il admire avec moi cette splendeur fugitive. Mais, en me retournant, je vis qu'il entrait dans la salle à manger, bavardant avec un ami de son père.

Je jetai un dernier coup d'œil sur l'île. Ça alors ! Avais-je bien vu… ou était-ce une hallucination ?

J'aurais juré qu'un éclair de lumière venait de jaillir de la zone ombreuse au pied des falaises.

Me penchant par-dessus la rambarde, je clignai des yeux pour mieux voir. Non, je ne rêvais pas ! Il y avait un nouvel éclair – et même *plusieurs* !

Les yeux braqués sur la source lumineuse, je réalisai qu'elle semblait obéir à un rythme précis : trois flashes longs, une pause, un flash long, un flash court, encore un flash long… « Du morse ! » pensai-je, sûre de mon fait.

Je tentai de me remémorer l'alphabet codé, sans y parvenir.

Comme je m'efforçais de déchiffrer le signal, le soleil s'évanouit à l'horizon et, avec l'apparition du crépuscule, les flashes cessèrent.

Je guettai encore quelques minutes. Mais, dans les ténèbres naissantes, je ne vis que l'ultime touche de rose qui ocrait le sommet des pins avant de disparaître.

5. Black-out !

– Tu as vu ?

Je sursautai en entendant la voix de Luther, derrière moi. Je fis volte-face, et le découvris tout près, en habit de soirée.

– Vu quoi ? murmurai-je, me demandant si j'avais fantasmé les éclairs de lumière.

Il me décocha un regard intrigué avant de répondre :

– Le coucher du soleil. C'était merveilleux.

– Oui…

– *Mais* ? fit Luther, décidément très perceptif, en m'entraînant jusqu'à la salle à manger.

La plupart des invités y étaient maintenant

installés. Ned, attablé près de la scène avec Mme Mahoney, se détourna pour me héler, et je lui répondis d'un signe.

– Eh bien, Nancy ? insista Luther.

Prenant une profonde inspiration, je me décidai à lâcher :

– Vous allez penser que je délire, mais il m'a semblé apercevoir des signaux lumineux… Comme du morse.

– Du morse ? Nancy, j'étais dans la timonerie avec le capitaine, admirant le coucher du soleil. Je n'ai rien vu !

– Rien du tout ? Même pas il y a tout juste un instant ?

– Rien. Pourtant, nous regardions dans cette direction, le capitaine Mike et moi… Nous projetions l'excursion de ce soir à Stony Lonesome Island. Ton imagination te joue des tours, Nancy ! Après tout, il n'y a pas si longtemps que je t'ai raconté l'histoire de la *Lucinda Lu*. Tu pensais à ce mystère, je parie, et tu as entrevu un jeu de lumière, voilà tout…

Songeuse, je continuai à avancer vers notre table.

– La luminosité était très changeante à ce moment-là, et l'histoire de la *Lucinda Lu* rôdait dans mon esprit, je le reconnais, dis-je. Je crois bien que j'ai eu la berlue.

Mais je me promis de réfléchir à l'incident plus tard, lorsque je serais au calme dans ma cabine.

Ned, qui s'était levé pour tirer ma chaise, commenta :

– C'est génial, Nancy ! Nous sommes aux premières loges !

– Magnifique ! s'exclama avec satisfaction Luther tandis que nous prenions place l'un et l'autre, encadrant Mme Mahoney.

Nous nous trouvions tout près de la scène, ce qui ne me surprenait pas : selon les commentaires d'Hillary, les plus importants donateurs avaient droit aux meilleures tables. Or, Mme Mahoney était la plus généreuse des philanthropes de la ville. Quant à papa, il avait versé une coquette somme à la compagnie théâtrale. Luther, lui, était l'invité d'honneur du capitaine. Assise derrière nous avec des amis, Nadine Tucker gâtait Fizzy Lizzy, lui faisant croquer de petits bouts de gressin.

Un bouquet raffiné décorait les centres de table, où des reproductions miniatures de la *Magnolia Belle* étaient disposées pour les convives, en souvenir. Un programme du spectacle étant calé contre le verre d'eau de chaque invité, je regardai la distribution. Celle-ci comportait Cassidy Norman et Toby

Marchand ; et puis deux comédiens : Grady Morgan et Tom Stein, ainsi qu'une actrice, Angela Como.

Comme les serveurs commençaient à apporter les mets, le capitaine Mike, en uniforme blanc impeccable, s'approcha du micro installé sur la scène. Il se présenta, puis annonça que le spectacle débuterait plus tôt que prévu.

– Nous désirons terminer la représentation avec un peu d'avance pour profiter d'une occasion en or, continua-t-il. Nous avons la chance d'avoir à bord Luther Elridge, grand spécialiste de River Heights et de son histoire ! Levez-vous, Luther !

Timidement, Luther se mit debout, applaudi par tous.

– Luther vous offre une visite guidée au clair de lune de Stony Lonesome Island ! continua le capitaine Mike.

Une vague d'excitation parcourut l'assistance. Après avoir ajouté quelques commentaires, le capitaine se joignit à nous pour le dîner. Installé en face de Mme Mahoney, il nous régala du récit de ses aventures fluviales.

Le repas était délicieux, mais j'avais hâte que le spectacle commence ! La lecture du programme m'avait appris que le public avait son rôle à jouer : on lui fournirait des indices pour résoudre l'énigme criminelle représentée sur scène !

Enfin, les serveurs finirent d'apporter le dessert, le thé et le café. Par trois fois, les lumières clignèrent au-dessus de nos têtes. Puis, du fond de la salle, une voix annonça :

– Mesdames et Messieurs, la pièce va commencer !

L'espace d'un instant, tout s'éteignit – exception faite des veilleuses de sécurité –, et l'assistance fut plongée dans le noir. Des cris étranglés fusèrent. Mme Mahoney m'agrippa par un bras. Une seconde plus tard, la scène s'illumina, et des applaudissements nourris éclatèrent. À présent, seules les appliques murales apportaient un peu de clarté ; la salle à manger était presque aussi obscure qu'une véritable salle de théâtre.

– Stupéfiant ! me chuchota Luther, désignant la scène d'un mouvement du menton.

Certes ! Le décor reconstituait le salon de l'Observatoire situé sur le pont Star de la *Magnolia Belle*. Quant aux acteurs, ils arboraient des costumes fin XIXe. On se serait cru à l'époque de Mark Twain, comme si une machine à remonter le temps nous avait ramenés dans le passé !

Sur scène, Cassidy, belle et fascinante avec son maquillage, sa robe et sa perruque, faisait une partie de cartes avec Toby Marchand.

Dès le début, il fut clair que le personnage joué par Toby était un escroc sans scrupule, cherchant à s'insinuer par intérêt dans le cœur d'une riche veuve esseulée. Deux autres personnages semblaient nourrir des intentions tout aussi louches envers Cassidy : le second, et une jeune femme voyageant seule. Ces rôles étaient tenus par les comédiens que j'avais vus chuchoter pendant la prise de bec de Toby avec Cassidy. Quant à Grady Morgan, il était le bon de la pièce – le capitaine du vapeur.

À la moitié du premier acte, je me doutais déjà que le forfait projeté n'était rien de moins qu'un meurtre. À mesure que l'intrigue avançait, tout yeux et tout oreilles, je cherchai avidement à repérer des indices. Car, d'après les indications du capitaine Mike, à l'entracte, le public serait invité à participer à une sorte de jeu, et à deviner le nom du coupable.

J'examinai le dispositif scénique. Tous les acteurs étaient sur l'estrade : Cassidy, assise en face de Toby ; la jeune voyageuse, dans un fauteuil près de la table de jeu ; le capitaine se tenait près du classeur à tirettes des cartes marines. Le second, qui venait d'entrer, lança :

– Vous m’avez fait appeler, mon commandant ?

Comme à point nommé, les lumières s’éteignirent – sur scène et dans la salle – et, instantanément, un cri étouffé retentit sur l’estrade. Un soupir étranglé jaillit de l’assistance, qui se mit presque aussitôt à applaudir.

J’applaudis comme tout le monde, jusqu’au moment où je m’avisai que le bateau était *entièrement* plongé dans le noir – exception faite des veilleuses rouges de sécurité signalant les issues. Plus rien n’était allumé : ni les appliques, ni les lampes du pont, ni même les guirlandes décorant le bastingage. C’était le black-out total.

– Pourquoi *toutes* les lumièrcs sont-elles éteintes ? demanda soudain la voix tonnantc du capitaine Mike, dominant les murmures de la foule.

De la scène, une voix masculine cria :

– Il y a eu un raté !

On entendit des chuchotements nerveux, des bruits de chaise qu’on remue, des cliquètements de couverts tombant à terre. Fizzy Lizzy se mit à aboyer.

Fouillant dans mon sac, j’en sortis ma minitorche et l’allumai. À notre table, chacun semblait dérouté. Au bar, Ken avait sorti une petite lanterne électrique. Il manipulait les interrupteurs, en position « marche » puis « arrêt ».

– Rien ne fonctionne ! lança-t-il dans la pénombre. C'est peut-être un fusible qui a sauté !

Il avait à peine prononcé ces mots que les lumières clignotèrent, puis se rétablirent. Des hourras éclatèrent, et ce fut le soulagement général.

Mais le capitaine Mike n'était pas content, lui ! Il grimpa en scène, visiblement résolu à dire ses quatre vérités à Toby. Tout en ayant soin de sourire au public, il murmura quelque chose à l'acteur, qui haussa les épaules et répondit, assez fort pour que j'entende :

– Désolé. Vraiment désolé. J'ignore ce qui s'est passé. C'est la première fois que ça se produit. Il faut croire que les éclairagistes ont pété les plombs !

À une table voisine, quelqu'un rit de cette saillie. Le capitaine Mike ne parut pas la trouver drôle. Décochant un regard dédaigneux à Toby, il retourna s'asseoir.

Momentanément à court, Toby s'avança au centre de la scène, et s'éclaircit la gorge, prêt à parler.

Sur le plancher, Cassidy était en train de se

redresser. Un filet de sang factice dégoulinait dans le dos de sa robe. Frémissante et furieuse, elle lui demanda d'un ton de défi :

– Et ça, tu l'expliques comment ?

Toby lui tendit la main, mais elle ignora son geste et se mit debout sans son aide. Puis, du bout de sa bottine, elle envoya valser la dague qui gisait près de l'endroit où elle s'était effondrée. L'arme en caoutchouc rebondit sur le sol. Cela aurait été comique, si Cassidy n'avait pas été aussi en colère.

S'avançant jusqu'à elle, Grady plaida :

– Les éclairagistes ont manqué leur coup. Personne ne l'a fait exprès.

– Ah, parce que tu imagines que je vais croire ça après tout ce qui s'est passé ?

Elle allait se lancer dans son numéro du « bateau maudit victime d'un sort funeste », j'imagine ; mais Toby lui imposa silence d'un regard dur.

Puis, élevant les mains, il s'adressa à l'assistance :

– Comme vous l'avez constaté, il y a eu un loupé dans la connexion électrique. Mais vous avez certainement tous compris que madame LaMott – le personnage de Cassidy – vient d'être assassinée. C'est à vous, le public, qu'il revient de déterminer qui l'a tuée.

Il ajouta avec un clin d'œil et un ample geste du bras :

– *Le spectacle continue*, comme on dit.

Se tournant vers ses acteurs, il les pria d'occuper les positions qui seraient les leurs lorsque l'éclairage scénique habituel serait rétabli. Cassidy s'obstina à bouder et à camper sur ses positions ; mais, Grady lui ayant chuchoté quelque chose, elle se rallongea sur le sol pour continuer à faire la morte. Alors qu'elle disposait sa robe, et plaçait la dague à sa droite, Mme Mahoney lâcha soudain un soupir étranglé :

– Mon collier !

Je regardai son cou. Le bijou avait disparu.

6. Coup de Jarnac

Mme Mahoney s'était mise debout, et tâtait son cou nu.

– Il a pu tomber lorsque vous vous êtes levée, suggéra Ned, qui s'accroupit aussitôt pour regarder sous les chaises.

– Bien sûr ! s'exclama-t-elle.

Elle souleva tour à tour sa serviette, son programme, le menu du dessert. Elle retourna son assiette.

Ned se redressa après avoir crapahuté sous la table et, époussetant son pantalon, annonça d'un air préoccupé :

– Il n'y est pas.

– T-tu en es sûr ? demanda en pâlissant Mme Mahoney.

Il haussa les épaules d'un air d'impuissance, et nos regards se croisèrent. Son expression me révéla ce qu'il pensait : le joyau de Mme Mahoney n'était pas égaré, on l'avait *volé* !

– Je vais vérifier encore, proposai-je en rallumant ma torche miniature.

À quatre pattes, j'inspectai le sol sous les trois tables les plus proches, entre les jambes des convives. Je palpai la moquette, faisant courir ma main le long de la mince rainure qui la séparait de l'estrade. Je tentai de la soulever, pour le cas où, dans la confusion provoquée par la coupure de courant, le collier aurait glissé dessous. Mais les bords de la moquette étaient maintenus au sol avec de l'adhésif.

M'étant relevée, je demandai à Mme Mahoney :

– À quel moment précis avez-vous constaté la disparition de votre pendentif ?

Elle se laissa tomber sur sa chaise, les yeux embués de larmes. Mais elle ne tarda pas à se ressaisir, ce qui était bien dans son caractère. Ayant réfléchi un instant, elle répondit d'une voix ferme :

– Eh bien… à l'instant, en fait. Lorsque la lumière est revenue. Non ! Sur le coup, je n'ai rien remarqué. J'ai d'abord applaudi comme tout le monde, et puis… Oh, Nancy ! Je ne m'en souviens pas ! Je crois que c'était au moment où les acteurs allaient reprendre leurs places en scène.

Il n'y avait pas de doute à avoir : le collier n'était pas tombé. On l'avait pris à la faveur des ténèbres.

Dire que j'avais allumé ma torche au moment de la coupure de courant, et que j'aurais pu apercevoir l'auteur du forfait ! Mais, comme j'observais la scène et la salle en les balayant avec le faisceau, j'avais manqué ma chance. Pour un peu, je me serais giflée !

– Madame Mahoney, je crains qu'il n'y ait un voleur à bord, déclarai-je. C'est la seule explication.

– Il y en a sûrement une autre ! s'exclama le capitaine Mike. C'est bien la première fois qu'il se produit une chose pareille lorsque je suis de quart ! D'ailleurs, comment pourrait-on s'emparer d'un collier dans le noir total ? Elle l'a égaré, voilà.

Il semblait étonnamment sur la défensive !

Se redressant sur son siège, Mme Mahoney déclara :

– Je crains d'être d'un avis contraire au vôtre, capitaine. J'avais ce bijou au moment où je me suis assise. Je me souviens de l'avoir manié en consultant le menu. Je l'avais toujours autour de mon cou lorsque les lumières se sont éteintes. J'en suis certaine. Mais j'ai sursauté lorsque la lumière est revenue. Il a pu tomber à ce moment-là.

– Si c'était le cas, nous l'aurions retrouvé, fit observer Luther.

Mme Tucker, qui était venue s'asseoir près de son amie, objecta :

– L'obscurité n'a pas duré longtemps. Qui aurait pu opérer aussi vite ?

– Un voleur professionnel, déclara Ned.

– Professionnel, et particulièrement habile, enchérit Luther. N'est-ce pas, Nancy ?

– Euh, oui, marmonnai-je, n'écoutant qu'à moitié.

J'examinais la salle, m'efforçant de déterminer qui était présent – et qui manquait à l'appel. Les serveurs étaient tous là : Ken, derrière le bar ; Hillary près de l'accès aux cuisines, un broc d'eau à la main ; deux serveurs qui ne m'avaient pas été présentés, serviette blanche repliée sur un bras, de chaque côté de la sortie donnant sur le pont.

George passa une tête par la porte de la cuisine. Elle portait sur son jean une veste blanche. De toute évidence, sa mère avait fait appel à elle pour la préparation, et non pour le service. Hillary lui chuchota quelque chose. Je vis l'expression de mon amie passer de la curiosité à la stupéfaction choquée. Elle se tourna vers moi, et je lui adressai un léger signe qu'elle comprit aussitôt : je la mettrais au courant de tout plus tard.

Je ne manquai pas de me sentir désemparée en regardant autour de moi. Il y avait à bord de nombreux suspects ! Beaucoup de gens pouvaient tirer parti de la petite fortune issue de la vente du joyau. Même si la plupart des passagers étaient riches, certains étaient connus pour leur cupidité. Bref, le collier pouvait se dissimuler dans pratiquement n'importe quelle poche ou sac ! Or, je ne pouvais pas demander une fouille : j'aurais insulté les gens les plus influents de River Heights ! De plus, cela aurait été illégal.

Je m'efforçai de réduire le nombre des suspects. Il fallait s'en tenir aux personnes qui s'étaient trouvées à proximité de notre table au moment de l'extinction des lumières : les serveurs, les comédiens... tous ceux qui étaient à quelques pas de Mme Mahoney. Les amateurs de bijoux et ceux qui avaient « des démangeaisons dans les doigts » avaient eu tout loisir, lorsque Mme Mahoney avait déambulé sur le pont ou dans la salle, de remarquer le collier avant le repas : le bijou était spectaculaire, et l'émeraude particulièrement grosse.

De plus en plus rembruni, le capitaine Mike lâcha :

– Je ne suis pas convaincu. Tu n'as rien vu, Toby, tu en es sûr ?

– Aucun de nous ne pouvait *voir* quoi que ce soit ! lança Cassidy, de la scène.

Elle était pâle, et se triturait les mains. Elle continua :

– S'il y a vol, nous devrions appeler la police, non ?

– La police ? répéta Angela Como, la jeune actrice.

Assise sur un canapé du décor, elle avait les yeux dilatés, et semblait avoir peur. Je me demandai si elle avait aussi des objets de valeur à bord.

– Effectivement, nous allons alerter la police. Je m'en charge immédiatement, dit le capitaine Mike.

Il semblait réticent, pourtant. Pour quelle raison ? Parce qu'il craignait que son bateau passe pour peu sûr ? Ou parce qu'il redoutait… autre chose ?

Je me promis de vérifier les antécédents de la *Magnolia Belle*. Le capitaine avait affirmé qu'il n'y avait jamais eu de vol sur son navire, mais je commençais à en douter !

Il sortit son téléphone mobile, et composa le

numéro d'appel d'urgence. L'opératrice ne tarda pas à le mettre en relation avec le chef de la police. Après avoir expliqué ce qui s'était produit, le capitaine écouta un instant son interlocuteur, leva sur moi un regard interrogateur, puis me tendit l'appareil, que je pris.

– Nancy ? fit la voix du chef McGinnis.

Sachez que le chef n'est pas mon plus fervent admirateur, et que je le lui rends bien ! J'ai le don de résoudre des affaires qui le déroutent, ce qui lui fait horreur ; et je n'apprécie pas qu'il cherche toujours à tirer profit du travail des autres – le mien, mais aussi celui de ses équipiers qui se donnent vraiment du mal.

Réprimant un soupir, je répondis :

– Oui, chef, c'est moi.

– Tu es certaine que le collier de Mme Mahoney a été volé ?

– Ça en a tout l'air.

Je l'entendis pianoter avec ses doigts, à l'autre bout du fil.

– C'est bon, lâcha-t-il avec résignation. Impossible de vous envoyer des hommes, pour le moment. Notre bateau de patrouille est en aval, aux prises avec une bande de jeunes voyous à bord d'un canoë volé. Crois-tu que tu pourrais… commencer à débroussailler l'affaire ?

Il ajouta avec une réticence marquée :

– J'enverrai le patrouilleur demain matin – sauf si tu considères qu'il y a urgence.

– Non, ça ira. Nous nous débrouillerons. Je vais effectuer les premières vérifications.

– Entendu. J'ai ordonné au capitaine de faire demi-tour et de ramener le vapeur à River Heights sans se mettre à quai. Il ne faudrait pas que quelqu'un quitte le bord, n'est-ce pas, Nancy ?

J'avais l'intention de demander au capitaine de veiller à ce que personne ne s'éclipse à coups de rames. Je dis pourtant avec une humilité voulue :

– Vous avez raison, chef.

– Le capitaine Mike doit également me communiquer la liste des membres d'équipage. Je vais vérifier leurs antécédents dans le Fichier national de lutte contre le crime. Tâche de ne gâcher aucun indice, Nancy ! Et ne t'en va pas accuser n'importe qui, s'il te plaît ! Il y a des gens très importants à bord…

« Typique ! » pensai-je, n'écoutant qu'à demi la suite de sa tirade. Comme d'habitude, le chef McGinnis s'inquiétait de ce que je puisse être un tracas plutôt qu'une aide. Après toutes les enquêtes qu'il m'avait vue mener !

Diplomate, j'assurai :

– Soyez tranquille, chef. Je ferai preuve de tact. Enfin, je m'y efforcerai.

Après avoir mis fin à la communication, je rendis son appareil au capitaine, qui le prit en me lorgnant d'un air sceptique.

– Alors comme ça, tu es détective ?

– Une *excellente* détective ! intervint Mme Mahoney, prenant aussitôt ma défense. Nancy a résolu des affaires qui déroutaient tous les services de police.

Le capitaine ne parut pas pour autant convaincu :

– Tu as une licence ?

Je sentis que Ned allait s'en prendre à lui. Je m'empressai de préciser avec calme :

– Non, j'opère en amateur. Puisque le chef m'a confié l'enquête préliminaire, il pense sans doute que je peux assumer ça, du moins jusqu'à notre arrivée à River Heights.

– Mettons, bougonna le capitaine. Mais si le voleur s'en tire, McGinnis entendra parler de moi, de l'armateur et de nos compagnies d'assurances !

Je décidai d'ignorer son éclat. J'avais déjà été confrontée à des énigmes difficiles. Avec de la patience et du temps, j'avais presque toujours réussi à les résoudre. J'aimais relever un défi ; les doutes du capitaine Mike et la réticence de

McGinnis rendaient celui-ci encore plus excitant !

En premier lieu, je devais montrer au capitaine *qui* avait la charge de cette affaire ! En douceur, bien sûr.

– Capitaine, peut-on garder les gens pendant une heure ou deux dans la salle à manger, à votre avis ? suggérai-je.

Je crus qu'il allait s'insurger. Pourtant, il finit par hocher la tête :

– Tu veux avoir l'œil sur tout ce petit monde pour l'instant ? Ce n'est pas une mauvaise idée... Je vais leur proposer encore du café et des desserts, et voir ce que je peux concocter avec Toby pour les distraire.

Se tournant alors vers l'assistance, il annonça :

– Mauvaise nouvelle ! Nous devons rentrer à River Heights ! Or, c'est toute une affaire de tourner dans les parages. Le chenal navigable entre Stony Lonesome Island et les falaises est étroit. Ça va prendre du temps, même avec un virtuose comme Cab à la barre !

Il ajouta, comme si cette idée venait tout juste de le traverser :

– Il serait prudent que chacun reste ici, dans la salle à manger – à l'exception du personnel, qui continuera à vous servir au bar et en cuisine. Il y a un voleur sur ce bateau, susceptible de frapper à nouveau ! N'allons pas lui faciliter la tâche.

– Et la collecte ? demanda Mme Tucker. Les donateurs ont payé pour la croisière et le spectacle ! Ils seront peut-être compréhensifs étant donné les circonstances, mais pas tous ! En tout état de cause, cela va nuire à nos futures collectes de fonds – du moins, celles qui reposeront sur des événements spéciaux.

Toby était descendu de scène. Dans son frac du XIXe siècle, il détonnait étrangement au milieu des invités. Mais ce fut en homme d'affaires du XXIe siècle qu'il prit la parole !

– Il n'y a aucune raison pour ne pas redonner la représentation, Mike ! Peut-être pas ce soir, mais demain. Nous sommes disposés à renouveler notre performance sans rémunération supplémentaire.

Je vis que les acteurs échangeaient des regards surpris. Mais aucun d'eux ne s'opposa à la proposition inattendue de leur metteur en scène.

Pour la première fois depuis une bonne demi-heure, le capitaine Mike sourit. Saisissant au bond la proposition de Toby, il s'écria :

– Affaire conclue !

– Peut-être que nous aurons retrouvé le

collier, d'ici demain, observa Mme Tucker. Personnellement, je suis sidérée qu'on ait eu le culot de le voler au nez et à la barbe d'un si grand nombre de témoins potentiels !

7. Chuchotis

Après avoir confié à Toby le soin d'organiser les distractions pendant une heure ou deux, le capitaine Mike m'entraîna hors de la salle à manger. Visiblement, les gens se demandaient pourquoi j'avais le droit de quitter la pièce ; mais le capitaine préférait qu'ils ignorent que j'étais sur l'affaire. Riche idée !

– Il y a une chose qui me turlupine, lui dis-je sur le pont. Comment quelqu'un a-t-il pu s'arranger pour que les lumières du bateau s'éteignent en même temps que l'éclairage en scène ?

– Un technicien de Toby est peut-être en cheville avec le voleur..., suggéra-t-il. Sans aller jusqu'à penser qu'il s'agit d'un hasard suspect… as-tu déjà vu Dylan à l'œuvre ?

D'abord déroutée par ce changement de sujet apparent, je me souvins de la scène de l'après-midi : Dylan prêt à dévisser un écrou fragile avec une énorme pince.

– Mmm, oui, marmonnai-je, évitant d'accabler le camarade de travail de Bess.

Peine perdue. Le capitaine Mike déclara sans ambages :

– Il est complètement nul ! Il a très bien pu cafouiller avec les disjoncteurs. Il est de service en bas pour le quart de nuit, avec ton amie.

– Un raté involontaire de Dylan juste au moment du vol ? Ce serait une coïncidence inouïe, observai-je.

– C'est vrai. Mais si j'étais toi, je vérifierais. Si tu as besoin de comprendre l'installation électrique et que ton amie ne peut pas t'y aider, Cab ou un autre technicien s'en chargera. Moi, je dois communiquer la liste des membres d'équipage aux policiers.

Nous nous séparâmes. Le capitaine se dirigea vers la timonerie, et je descendis les deux volées de marches qui menaient dans les locaux techniques. Assise au bord d'une table, jambes pendantes, Bess lisait une sorte de manuel. Dylan faisait les cent pas devant elle.

À mon entrée, il cessa d'aller et venir pour se planter face à moi :

– Non, mais tu te rends compte ? Elle s'imagine que c'est *ma faute* si toutes les lumières du bateau se sont éteintes !

– Ça n'a rien d'impossible ! déclara Bess en relevant la tête. Ah, c'est toi, Nancy ? Qu'est-ce que tu fiches ici ? J'ai réussi à rétablir le courant et...

– Rétablir le courant ? m'écriai-je.

J'accourus devant le tableau de distribution électrique où, en effet, tous les disjoncteurs noirs étaient en position « on ».

– Tu veux dire que c'était juste un disjoncteur hors service ?

– Bien sûr que non ! En fait, *je ne sais comment* – elle décocha un regard éloquent du côté de Dylan –, le commutateur principal était tourné dans le mauvais sens. Heureusement, la génératrice de secours a pris le relais, alors il n'y a pas eu de perte de puissance, et les veilleuses de sécurité sont restées allumées. Quand je suis revenue, j'ai pens...

– Revenue d'où ? la coupai-je.

– Ah, ça fait plaisir de voir quelqu'un d'autre passer à la casserole ! jubila Dylan.

– À la casserole ? s'agaça Bess. Elle me posait juste une... Holà, Nancy ! Tu as ton petit air bizarre... Pourquoi ces questions ? Que se passe-t-il ?

– Tu n'es pas au courant ? lâchai-je.

Et je m'avisai aussitôt que ni elle ni Dylan ne pouvaient l'être, puisqu'ils n'avaient pas été présents dans la salle à manger. Me perchant sur une table proche, je révélai :

– On a volé l'émeraude de Mme Mahoney.

Bess écarquilla les yeux ; Dylan émit un long sifflement avant de s'enquérir :

– Comment l'a-t-on volée ?

– Tu ne sembles pas surpris, observai-je.

– Ce n'est jamais qu'un énième incident bizarre depuis que ce bateau a quitté La Nouvelle-Orléans !

– Des incidents ? fit Bess. Tu ne m'avais pas dit qu'il y avait un mauvais sort sur cette croisière.

– Pourquoi parles-tu de mauvais sort ? demandai-je, frappée de l'entendre employer cette expression.

Elle rougit.

– Eh bien, j'ai surpris des propos... Je n'ai pas vu qui c'était, mais il s'agissait d'un *garçon*, évidemment ! Il déclarait qu'il ne faut pas prendre de femmes dans un équipage, même *temporairement*, parce qu'elles amènent le mauvais sort sur un bateau. « Tous les marins savent ça », c'est ce qu'il a prétendu.

– Hé, ne me regarde pas comme ça ! s'insurgea Dylan, blessé. Je n'ai jamais rien dit de tel ! J'aime bien qu'il y ait des filles ici.

Je le crus sans peine. De toute évidence, c'était un séducteur. Il n'avait sans doute jamais rencontré une fille comme Bess, voilà tout. Son numéro de charme habituel n'opérait pas.

– Même s'il y a un mauvais sort, continua-t-il, tu n'y es pour rien, Bess. Il se passe des choses depuis bien avant ton arrivée.

– Quelles choses ? voulut-elle savoir.

Je lui rapportai les propos de Ken et d'Hillary, en soulignant que cela n'avait rien à voir avec un quelconque ensorcellement ! Puis je lui décrivis les événements de la soirée – sans pouvoir éviter de révéler à Dylan que j'enquêtais sur l'affaire. Lorsque j'eus terminé, Bess poussa un soupir.

– Je connais ta façon d'opérer, Nancy : tout le monde est suspect à tes yeux ! J'entends par là que tu n'as pas encore réduit les possibilités, j'imagine ?

– Tu peux les restreindre vite fait en commençant par nous, glissa Dylan. Nous sommes au-dessus de tout soupçon.

Bess ne pouvait être impliquée dans le vol, bien sûr ; et j'étais certaine que Dylan n'avait pas la compétence nécessaire pour être complice du mauvais coup. Je ne résistai pourtant pas à l'envie de demander :

– Qu'est-ce qui te permet de l'affirmer ?

Il ne fut pas du tout embarrassé ! Il répondit hardiment :

– Nous étions dans l'atelier lorsque les lumières se sont éteintes. Pas dans cette pièce.

– J'ai farfouillé pour trouver une torche électrique, et la génératrice s'est mise en route quelques secondes après, ajouta Bess.

– L'atelier ? m'enquis-je, car Cab ne nous avait pas fait visiter cet endroit. Où se trouve-t-il ?

– Là-bas au fond, dit Bess.

Ouvrant la marche, elle traversa la chaufferie. Un homme d'équipage, torse nu, était penché sur un tuyau allant du réservoir à combustible à la plus proche chaudière. Sa peau était luisante de sueur. Il leva les yeux à notre passage, et sourit. Je lui souris en retour, mais me promis de demander son nom et de l'interroger plus tard.

Bess ouvrit une porte.

– Voici l'atelier, annonça-t-elle.

Il régnait dans les lieux une âcre odeur de combustible mêlée à une bonne odeur de sciure. La pièce était encore éclairée, et le pull rose de Bess plié sur un banc.

– Nous étions en train de poncer ces chaises qui doivent être repeintes demain, précisa-t-elle.

– Vous aviez laissé la porte ouverte ?

Ils échangèrent un regard.

– Oui, répondit Bess.

– Non, déclara Dylan.

Bess rectifia avec un regard d'excuse :

– Je ne suis pas tout à fait sûre.

– N'importe, fis-je, masquant ma déception. Le type d'à côté était là ?

– Nelson ? fit Dylan. Non. Il est arrivé il y a quelques minutes pour vérifier les conduits d'alimentation. J'ignore pourquoi.

– Parce qu'il aurait pu se produire un raté momentané entre le moment où la panne a eu lieu et celui où la génératrice a pris la relève, souligna Bess.

Dylan leva les yeux au ciel. Sentant venir une nouvelle dispute, je m'empressai d'enchaîner :

– Bon, OK, Nelson ne se trouvait pas ici. Mais avez-vous entendu quelque chose, avant ou après la coupure de courant ?

Ils firent signe que non. Puis Dylan fronça les sourcils :

– Attends une seconde… peut-être que oui. Il y a eu un bruit bizarre, comme un battement, ou un cognement…

– Un battement ? C'était la chaudière, Dylan ! s'écria Bess, le fustigeant du regard.

– Non, ce n'était pas un *toc-toc* régulier, insista-t-il. C'était plutôt un coup sourd : *baoum, baoum…*

– *Baoum, baoum* ! C'est ça que tu appelles un cognement ?

– Peu importe, j'ai entendu quelque chose.

– Des voix ! ironisa Bess, refusant de battre en retraite.

Ils se défièrent du regard.

– Je sais très bien ce que j'ai entendu ! s'échauffa Dylan.

– Pff ! C'est ça !

Marmonnant un « au revoir ! », je sortis. Je n'avais aucune envie d'assister à un nouveau duel !

De toute façon, à en juger par ce que je savais de Dylan, mis en regard des compétences de mon amie, tout indiquait que Bess avait raison. Le bruit n'avait pu provenir que de la chaudière, et non d'une personne qui aurait rôdé dans les parages de la chaufferie ou du tableau d'alimentation électrique.

Saturée de bruit et de mauvaises odeurs, je décidai de prendre un peu l'air. J'évitai la salle à manger et, après m'être assurée que les canots de sauvetage de la *Magnolia Belle* étaient toujours à leur place, je me dirigeai vers la poupe, et m'accoudai au bastingage.

La pleine lune s'était levée, à demi visible au-dessus des hautes falaises de la rive droite. Apparemment, le bateau commençait à peine à opérer son virage. Comme l'avait dit le capitaine Mike, ce serait une manœuvre de longue haleine dans l'étroit chenal.

Après avoir inspiré plusieurs goulées d'air frais, j'eus les idées plus claires.

Ma visite sur le pont inférieur m'avait confirmé une chose : celui ou celle qui avait volé le collier avait eu un complice, qui savait à quel moment précis tourner le commutateur principal du tableau d'alimentation.

S'était-il agi d'une heure convenue à l'avance ? J'en doutais. Car la représentation pouvait commencer un peu plus tôt ou un peu plus tard selon les jours – et ce soir, elle avait débuté avant l'heure prévue.

Donc, le voleur et son complice avaient un moyen de communiquer. Mais lequel ?

Alors que je réfléchissais à cette question, je perçus tout à coup une voix étouffée venue d'en dessous.

Je me penchai par-dessus la rambarde, tendant l'oreille. Les clapotements de la roue à aubes m'empêchaient d'entendre.

Soudain, du coin de l'œil, il me sembla voir remuer quelque chose plus loin sur le pont, côté proue. Je me tournai. Une silhouette était courbée par-dessus le bastingage, à demi dissimulée dans l'ombre des colonnes qui soutenaient le pont supérieur.

De nouveau, j'entendis des voix – indubitablement plus d'une –, et je regardai en contrebas. Une petite embarcation dérivait à côté de la *Magnolia Belle.* D'une couleur sombre qui ne reflétait aucune lumière, elle semblait s'abriter dans l'ombre immense que projetait le vapeur, au clair de lune.

Ses feux n'étaient pas allumés, et elle dansait étrangement sur l'eau, tel un bateau fantôme.

8. Premier suspect

– Qui va là ?

Cette apostrophe bourrue me fit tressaillir. C'était la silhouette indistincte proche de la proue qui l'avait lancée. Je crus d'abord qu'elle s'adressait aux marins de l'embarcation. Puis je m'avisai qu'elle avait pivoté dans ma direction. Je reconnus qu'il s'agissait d'un homme, qui émergea de la zone d'ombre et avança vers moi en boitillant.

– Cab ?

– Que fais-tu ici, Nancy ?

– Je suis sortie prendre l'air. Qu'est-ce qui se passe ? demandai-je en désignant l'embarcation.

– Rien… Ces pêcheurs de nuit nous ont vus faire demi-tour dans le goulet, et ils se sont inquiétés, pensant qu'on avait des ennuis.

Je remarquai alors qu'il avait une torche. Prenant appui sur la rambarde, il mit ses mains en porte-voix et cria aux occupants du petit bateau :

– Nous n'avons aucun problème, je vous le répète !

– On voulait juste s'en assurer ! répondit un homme.

Il avait un accent que je n'arrivai pas à identifier – d'Europe de l'Est, peut-être.

– Tout est OK ! Il y a eu un souci à bord, et nous revenons vers River Heights. Sinon, ça baigne !

Une seule personne de ma connaissance employait cette formule : Hannah. Elle utilisait toute une ribambelle d'expressions démodées qui me faisaient rire et, parfois, rendaient folles mes amies. Quoi qu'il en soit, « ça baigne » n'était pas très approprié, vu la situation sur *La Magnolia Belle* !

Cab agita le faisceau de sa torche en direction de l'embarcation, qui fit repartir son moteur, et s'éloigna en crachotant vers l'est, du côté de Martin's Cove – un des meilleurs coins de la Muskoka pour la pêche à la ligne nocturne.

– *Ça baigne* ? répétai-je.

Cab se tourna alors vers moi :

– Je ne voulais pas que ces types sachent ce qui se passe à bord. Je n'étais même pas sûr qu'ils sont du coin.

– Alors ça, je l'ignore, reconnus-je.

Puis, me rappelant les propos du capitaine, j'observai :

– Je croyais que vous pilotiez le navire, sur cette partie du fleuve.

– Changement de programme, dit Cab, haussant les épaules. Le capitaine Mike m'a appris ce qui s'est passé pendant la représentation. Ces gens ont la gentillesse de venir, d'aligner de fortes sommes pour aider des œuvres de charité, et voilà qu'ils se font ratisser ! Quelle honte ! Enfin bref. Le capitaine a appelé la police, et puis il a pris la barre. Quand nous avons vu approcher ce bateau, j'ai préféré venir voir. On ne sait jamais. Ces types auraient pu être en cheville avec les voleurs…

Il marqua un temps d'arrêt, puis continua en me donnant une claque amicale sur l'épaule :

– Mais je n'ai pas besoin de te l'apprendre, Nancy Drew ! Il paraît que le chef de la police en personne te considère comme une détective très futée ! Je n'en suis pas surpris, note. Tu as l'œil perçant.

Comme il repartait vers la timonerie, je décidai de l'accompagner.

– On n'aurait pas dû virer avant MacPhee's Landing, reprit-il, continuant à bavarder. Là-bas, le fleuve est large et profond.

– Le capitaine me l'a expliqué, oui. Ça tombe sous le sens, d'ailleurs. De mon côté, je cherche à savoir qui a pu tourner le commutateur principal du tableau de distribution électrique, en bas.

– Hein ? Quelqu'un a touché au commutateur ? Tu es sûre que ce n'était pas encore un cafouillage de Dylan ?

– Il n'était pas dans les parages lorsque ça s'est produit.

– Alors, quelqu'un d'autre est impliqué, déduisit Cab. La personne qui a volé le collier opère avec un complice qui connaît notre installation électrique.

Il éleva deux doigts, et conclut :

– Ce qui fait *deux* voleurs.

Luther et le capitaine nous rejoignirent à l'instant où nous entrions dans la timonerie, et dit :

– J'espère que ça ne vous ennuie pas que j'aie quitté la salle à manger. Mais je voulais faire le point sur notre excursion.

– Quelle excursion ? s'enquit Cab.

– À Stony Lonesome Island. Je suis censé y

conduire une visite guidée, et en raconter l'histoire. Un petit bonus, quoi. C'est pour ça que le capitaine m'a invité à bord.

– C'est la première fois que j'entends parler de ça ! s'exclama Cab, contrarié. Vous auriez dû me demander mon accord, capitaine !

Ce dernier haussa les sourcils.

– Ce n'est pas à toi d'en décider, Cab. C'est mon bateau, OK ?

– Ben voyons. Je ne suis que le second, moi.

L'intonation de Cab me parut quelque peu sarcastique. Ces deux hommes avaient-ils un contentieux ?

– En tout cas, il va falloir annuler votre projet, capitaine ! continua Cab. Ce bateau est une « scène de crime » ! Et ceux qui ont barboté le bracelet, la broche, que sais-je, sont toujours à bord. À moins qu'ils n'aient déjà pris la tangente sur un canot de sauvetage...

– Ce n'est pas le cas, glissai-je. J'ai vérifié.

S'adressant directement à Luther par-dessus l'épaule de Cab, le capitaine déclara :

– Je n'annule pas l'excursion, je la reporte. Nous visiterons l'île de jour, une fois que nous aurons résolu notre petit mystère. Pour le moment, comme Nancy l'a suggéré, personne ne doit quitter *La Magnolia Belle*.

L'air déçu, Luther dit cependant :

– Je comprends. Je retourne à la salle à manger pour annoncer aux personnes intéressées que nous irons peut-être à Stony Lonesome Island demain.

Après son départ, je demandai au capitaine s'il y avait un moyen de savoir qui était venu à bord pendant que le navire était à quai. Je commençais à croire que le vol du collier de Mme Mahoney n'avait rien d'improvisé. Quelqu'un avait-il repéré les passagers dans l'intention de commettre un vol ? Le coupable avait-il des contacts à River Heights ?

Le capitaine Mike me précisa qu'il consignait dans un registre le passage des ouvriers et livreurs qui montaient à chaque escale. Pendant que Cab allait le chercher dans le bureau, adjacent à la cabine de pilotage, le capitaine me demanda si j'avais vu Ned.

– Il se trouve toujours dans la salle à manger, je pense, lui dis-je, en regardant par la fenêtre.

Après un virage sans anicroche, *La Magnolia Belle* commençait à redescendre lentement le fleuve.

– Très bien. Je l'y rejoins.

Cab reparut avec le registre avant que j'aie pu demander au capitaine de quoi il voulait s'entretenir avec Ned. Je consultai les entrées du jour. Trois fournisseurs étaient montés à bord : en dehors de George et sa mère pour le compte de Vite, à table !, il n'y avait eu que Melissa Wong, de Petal Wings, le plus luxueux fleuriste de River Heights.

George et sa mère étaient hors de cause ! Indépendamment du fait que je les connaissais très bien, et pouvais me porter garante de leur honnêteté, elles ne s'étaient pas trouvées dans la salle à manger au moment de la coupure de courant. Quant à Melissa, c'était un bourreau de travail ; elle se démenait tellement qu'elle n'avait même pas le temps *d'envisager* un vol. Et encore moins de le perpétrer.

Je ne pouvais pas l'innocenter entièrement, car son métier lui donnait accès aux maisons les plus huppées de la ville. En revanche, je la savais incapable de faire la différence entre une émeraude et un diamant ! Elle n'avait qu'une passion : les fleurs, encore les fleurs, toujours les fleurs.

Alors que je l'imaginais en train de disposer sur les tables ses bouquets sophistiqués, j'eus une inspiration : ces tiges, feuilles, fougères et mousses offraient une cachette idéale pour des bijoux volés ! Je résolus donc d'explorer la salle à manger plus tard dans la soirée, pour en avoir le cœur net.

Tandis que Cab et le capitaine se penchaient sur une carte, je refermai le registre et relevai la tête. Oh, surprise ! George venait d'apparaître de l'autre côté des vitres de la timonerie. Elle avait ôté sa veste blanche, et portait un débardeur rouge à fines bretelles sur son jean. Elle m'adressa de grands signes. Puis elle forma avec ses lèvres les mots : « Il faut qu'on parle, maintenant ! » Et elle s'éloigna en hâte.

Je partis aussitôt à sa suite. Elle m'attendait non loin de la timonerie, l'air catastrophé.

– Qu'est-ce qu'il y a ? fis-je.

– Pas ici ! me chuchota-t-elle en m'entraînant. En bas. C'est calme, à la cuisine, en ce moment. Ils sont tous dans la salle à manger, en plein karaoké. Vite ! Il n'y a pas de temps à perdre !

Nous dévalâmes l'escalier pour gagner l'office. Seules les veilleuses du comptoir étaient allumées. George passa une tête dans la cuisine impeccable : les plans de travail en inox et les appareils électroménagers luisaient sous la lumière tamisée.

– Parfait, il n'y a personne. Écoute, Nancy... ne le prends pas mal, mais... ils pensent que Ned a fait le coup.

– Quel coup ? lâchai-je, interloquée.

– Qu'il a volé le collier.

J'en restai saisie. Puis je conclus que c'était la pire blague de George.

– C'est ça, fiche-toi de moi ! rigolai-je.

– Je ne plaisante pas ! Tu n'imagines quand même pas que j'inventerais un truc pareil !

Là, elle marquait un point.

– Non, bien sûr, mais… George, qui veux-tu dire par « ils » ?

– Hillary, et le capitaine et le second.

Je n'arrivais pas à admettre qu'on puisse relier Ned à un vol – fût-ce de la façon la plus éloignée ! Je demandai avec ahurissement :

– Hillary ? La *serveuse* ?

– Oui, cette Hillary-là, confirma George, qui ne semblait pas la porter dans son cœur. Il paraît qu'elle a entendu Ned parler de la valeur du collier.

– Qu'est-ce qui a bien pu lui don…, commençai-je à protester.

Puis je me rappelai ma conversation avec Ned avant le dîner. Hillary nous avait offert des canapés. Elle avait entendu nos propos, et en tirait maintenant une conclusion extravagante !

– Je peux expliquer ça sans problème, déclarai-je en souriant.

– N'en sois pas si sûre. N'oublie pas que Ned était assis avec Mme Mahoney au moment où le vol a été commis. Hillary a déclaré au capitaine qu'il a rampé sous la table, après, en *faisant semblant* de chercher l'émeraude.

Je repassai la scène dans mon esprit : elle était de nature à compromettre mon copain, c'était clair !

– Bon sang ! m'écriai-je, c'est dingue ! Il est incapable de voler quoi que ce soit !

– Évidemment ! Mais j'ai pensé que tu voudrais l'avertir, parce que ça ne s'arrange pas, figure-toi : le capitaine Mike a téléphoné à la police pour vérifier ses antécédents !

« Et zut ! » pensai-je. Ned n'est pas dans les petits papiers du chef McGinnis depuis que son père a écrit dans *L'écho de River Heights* un éditorial sur le laxisme de la police.

– Ils ne trouveront rien, me réconforta George. Mais tu devrais prévenir Ned.

C'était bien mon intention ! Pourtant, une part de moi-même se demanda si je jouais franc jeu. Lorsque j'étais sur une affaire, j'avais pour règle de n'écarter aucune personne tant que je ne l'avais pas innocentée par mes interrogatoires, et n'avais pas réuni assez de preuves pour désigner un autre suspect. Or, à ce moment-là, par quelque côté qu'on prenne les choses, Ned était le suspect numéro un !

9. Agression

Les lumières de la salle à manger étaient tamisées. Debout au milieu de la scène, micro en main, le grand et robuste Jack Halloran interprétait en karaoké une chanson des débuts des Beatles. L'impeccable PDG de Rackham Industries était tout à fait ridicule, et l'assistance s'écroulait de rire.

À notre table, à un pas seulement de l'estrade, Ned était plié en deux. À sa gauche, Luther pouffait. À sa droite, Mme Mahoney avait le sourire. Je la vis cependant porter sa main à son cou, et je compris qu'elle restait très perturbée par la perte de son bijou de famille.

M. Halloran termina son numéro, et la salle

éclata en applaudissements nourris. Avant le début de la prestation suivante, je m'approchai de notre table. J'appréhendais l'instant où je devrais gâcher la gaieté de Ned – même si cela devait attendre à plus tard : je ne voulais pas lui parler devant témoins ; de plus, George m'avait proposé d'être présente à notre entretien, et j'avais accepté son offre. Et je tenais à m'assurer que le capitaine serait là. Il fallait qu'il soit présent, pour constater en personne que Ned ne détenait pas le collier, qu'il était innocent ! Dire que Hillary s'était permis de l'accuser ! Cela me rendait furieuse.

– Salut, fis-je.

Ned tira une chaise afin que je puisse m'asseoir, et, dans le léger brouhaha, il me murmura :

– Alors, où en es-tu ?

Je ne sus que répondre. Je ne pouvais pas lui mentir !

– Rien de concluant, marmonnai-je.

Heureusement, Toby Marchand parla dans le micro, m'évitant d'avoir à entrer dans le détail de l'enquête :

– Mesdames et Messieurs, comme Jack Halloran vient de le prouver, notre bonne ville est une mine de talents inexploités !

Des rires et des gémissements comiques ponctuèrent ce commentaire.

– Et maintenant, permettez-moi de présenter notre numéro suivant : madame Nadine Tucker et sa chienne extraordinaire, Fizzy Lizzy !

– Un numéro de dressage ? suggéra Luther, se tournant vers moi.

– Je pense.

– Nadine est plutôt du genre à opérer en coulisses, observa Mme Mahoney, intriguée. Elle qui est si discrète ! Qu'est-ce qu'il lui prend, de monter en scène avec son bichon ?

– Ce doit être pour remplir son rôle, suggérai-je. Elle veut sauver la collecte de fonds et distraire les gens, j'imagine.

Sa petite chienne sous le bras, Mme Tucker fit signe à Grady. Celui-ci avait tiré du stock d'accessoires de la troupe un cerceau en plastique rouge. Il alla se placer face à Mme Tucker, et brandit le cerceau. Fizzy Lizzy se mit à gigoter et japper, et fixa l'accessoire d'un air d'attente.

D'un geste théâtral, Mme Tucker posa à terre la petite chienne. Aussitôt, celle-ci se dressa, sa courte queue en panache battant le sol. De sa main libre, Grady claqua des doigts. Fizzy Lizzy traversa la scène en courant et sauta à travers le cerceau.

Ce fut un applaudissement général. Alors, sans

autre incitation, la chienne se leva sur ses pattes arrière, et sautilla jusqu'au centre de la scène, où elle décrivit un cercle avant de se laisser retomber à quatre pattes. Ensuite, elle se précipita vers Mme Tucker, qui lui donna une friandise.

– Bravo, Fizzy ! cria Mme Mahoney, la première à applaudir.

Mme Tucker reprit Fizzy Lizzy dans ses bras. Elle rayonnait, telle une mère fière de son enfant. Se levant comme tout le monde pour ovationner l'animal, Ned commenta :

– Ce n'est pas une chienne ordinaire !

– Elle est drôlement bien entraînée, observai-je.

J'applaudissais si fort que j'en avais mal aux mains. Je saluais la performance de Fizzy Lizzy, mais aussi celle de Mme Tucker ! Lors de ma récente expérience de comédienne de cinéma, j'avais fait l'apprentissage du trac ; il fallait du cran pour monter en scène, fût-ce devant un public amical !

– Qui a dressé cette chienne ? demanda Luther.

Je me posais la même question lorsque Cab vint à notre table. Mettant à profit le vacarme des applaudissements, il me chuchota :

– Nancy, le capitaine veut te voir. Demande aussi à Ned de venir, s'il te plaît.

J'eus un coup au cœur. Mais, avant que je puisse réagir, les jappements joyeux de Fizzy Lizzy se muèrent en grognements, suivis d'une série d'aboiements sonores.

– Fizzy, du calme ! ordonna Mme Tucker.

Au lieu d'obéir, Fizzy Lizzy, grondant et aboyant, sauta des bras de sa maîtresse et se précipita vers la rampe.

– Reviens ! lança Mme Tucker.

Fizzy ne l'écoutait pas. Sans cesser de gronder, elle bondit par-dessus la rampe en une sorte de saut périlleux, avant d'atterrir brutalement sur ses pattes. Elle fusa alors vers notre table – vers moi, en fait ! Je levai les bras et eus un mouvement d'esquive pour tenter de prévenir son attaque. Mais elle me dépassa, et planta ses crocs dans la jambe gauche de Cab.

– Aaaaaaaah ! hurla le second.

Tenant Fizzy par son collier, Ned l'écarta vivement de Cab. Celui-ci, agrippé au rebord de la table, leva sa canne au-dessus de la chienne. À cette vue, elle se réfugia dans les bras de Ned, et se mit à gémir.

– Delta… espèce de sale petit clébard ! tonna Cab.

Delta ? « Bizarre », pensai-je. Mais qu'est-ce qui ne l'était pas, dans cet incident ?

Au moment où Cab allait abattre sa canne,

j'allongeai le bras et la saisis. Je dus y aller de toutes mes forces pour l'arracher au second, fou de rage.

– Cab, arrêtez ! criai-je. Quelque chose a fait peur à Fizzy, c'est tout !

Je regardai du côté de Ned. Fizzy se blottissait contre lui en tremblant. Mme Tucker descendit de scène et s'approcha de sa protégée, en lui parlant d'une voix apaisante. Elle avança une main. Fizzy la renifla et la lécha. Ned lui redonna la chienne. Pendant ce temps, Mme Mahoney avait pris le fourre-tout de son amie. Celle-ci, tout en continuant à rassurer Fizzy, la déposa dans le sac, tira la fermeture à glissière, et plaça Fizzy sur une chaise, à l'écart. Elle s'excusa ensuite auprès du second :

– Je suis vraiment navrée ! C'est la première fois qu'elle se comporte de cette manière.

Cab était furibond, on voyait battre la veine de son cou. Son agitation était compréhensible, mais il s'efforçait visiblement de se dominer.

– Éloignez-la de moi, dit-il d'une voix tendue à Nadine Tucker. Et soyez prudente avec les passagers. Cette chienne est vicieuse !

Comme il allait s'éloigner, je remarquai qu'une tache rouge était en train de se répandre sur la jambe de son pantalon blanc de marin.

– Cab ! Mais vous êtes blessé ! m'écriai-je. Elle vous a bien mordu !

– Ça ira, bougonna-t-il.

Il pesa sur sa canne, prêt à reprendre sa marche. Mais le Dr Benson – un grand ami de mon père, et notre médecin de famille – accourut jusqu'à nous ; il retint Cab en posant une main sur son épaule.

– Laissez-moi jeter un coup d'œil ! intervint-il. Il faut au moins désinfecter ça ! Avez-vous eu un rappel récent contre le tétanos ?

– Oui, oui… Ça va aller, je vous dis ! protesta Cab.

– Allons, allons, cessez de jouer les durs !

Cab n'eut pas d'autre choix que de céder.

– Quelqu'un peut-il m'apporter la trousse de premiers secours ? demanda le Dr Benson.

Ken fit passer une trousse rouge et blanche rangée derrière le bar. Quand je la remis au médecin, il avait relevé la jambe du pantalon de Cab, dévoilant une morsure au mollet. Il étancha le sang à l'aide d'une compresse, et je pus constater que la blessure n'était pas profonde. Tout près, on voyait un tatouage très coloré : une large collerette surmontée par la face grotesque et rieuse d'un clown.

Cab et le médecin se rendirent à la timonerie pour obtenir la permission d'accéder à la pharmacie du navire.

Un instant plus tard, la voix du capitaine Mike s'éleva dans les haut-parleurs : les invités étaient maintenant libres d'aller et venir sur le bateau ; ils pouvaient se retirer dans leurs cabines, ou monter dans le salon de l'Observatoire du pont Star pour savourer un digestif. Même si l'excursion à Stony Lonesome Island était reportée, chacun serait ravi, assurait-il, d'entendre les légendes sur l'île et le petit exposé d'histoire locale de Luther Elridge.

Ned se tourna vers moi :

– Allons écouter Luther ! J'ai très envie de connaître le passé de cette île !

– Moi aussi, admis-je. Mais je dois d'abord questionner les acteurs.

Nous convînmes de nous retrouver plus tard – viendrait un moment où je ne pourrais plus différer l'interrogatoire du seul « suspect » dont l'innocence était évidente à mes yeux !

Toby avait réuni sa troupe et ses techniciens sur la scène pour mettre au point la représentation du lendemain. J'attendis qu'il ait programmé les répétitions pour prendre la parole :

– Si ça ne vous ennuie pas, j'aimerais que vous restiez encore quelques minutes. Le capitaine désire que je vous interroge au sujet du collier disparu.

– Vous ne pensez quand même pas que c'est un de nous qui l'a pris ? demanda un machiniste.

– Jusqu'à nouvel ordre, n'importe qui a pu le voler. Mon travail consiste à restreindre les possibilités. De plus, un des acteurs en scène au moment des faits, un des techniciens en coulisses, ou même plusieurs, ont peut-être vu quelque chose susceptible de nous aider à identifier le voleur, soulignai-je.

Là-dessus, je me tournai vers Toby pour lui indiquer que j'espérais son soutien. Il réagit à la perfection :

– Nous ferons notre possible pour être utiles, Nancy !

Je commençai par interroger les éclairagistes. Aucun n'avait remarqué quoi que ce soit d'inhabituel au moment de la coupure de courant, ni juste avant.

J'appris que la panne de courant incluse dans la représentation était déclenchée par une commande située en coulisses, et reliée au panneau de distribution principal. Dans la journée, les éclairagistes avaient raccordé les lustres de la salle à manger à cette commande. Deux techniciens munis de talkies-walkies étaient descendus au panneau de distribution principal du bateau, uniquement pour *neutraliser* les disjoncteurs et couper temporairement le courant dans la salle pendant cette modification de la connexion électrique.

Je notai tout cela sur le calepin que je trimballe toujours avec moi, puis je libérai les techniciens.

Lorsqu'ils eurent quitté la pièce, seuls restèrent Toby, Grady, Angela, Tom et Cassidy.

– Vous êtes des acteurs, vous avez donc une bonne mémoire. Pouvez-vous me préciser qui se trouvait près de la table de Mme Mahoney juste avant le vol ? demandai-je. Si vous ne connaissez pas les noms, une description suffira.

L'air concentré, Grady finit par énoncer :

– Je ne me souviens que du serveur. Enfin, *des* serveurs. Le type était au bar, juste avant la panne ; et l'autre, la jolie fille, là…

– Hillary, glissa Toby.

– Oui, Grady ? fis-je, encourageante.

– Euh, rien…

J'obtins un réponse équivalente de tous les membres de la troupe : le personnel de service s'affairait près des tables, Ken tenait le bar. Je commençais à croire que j'allais une fois de plus me retrouver bredouille, lorsque Toby observa :

– À mon avis, on avait repéré la collection de bijoux de Mme Mahoney avant le vol !

– Toby ! Arrête ! s'exclama Cassidy. Il faut toujours que tu compliques tout !

– Qu'est-ce qui vous fait dire ça, Toby ? demandai-je, ignorant ce commentaire – car le metteur en scène mettait le doigt sur quelque chose d'intéressant.

Il me répondit en clignant de l'œil :

– N'oublie pas que je suis auteur de théâtre, et que mes pièces sont essentiellement des énigmes policières ! Le vol de ce collier est un peu trop fort pour n'être dû qu'à qu'une coïncidence ! Quelqu'un savait qui était Mme Mahoney, et quel bijou elle porterait !

Sa théorie n'était pas tout à fait cohérente : Mme Mahoney ne portait pas l'émeraude, en général, donc personne n'aurait pu prévoir qu'elle la mettrait. Mais il était vrai, en revanche, qu'elle possédait des bijoux de grande valeur, et que cela pouvait se savoir.

– Dans ce cas, dis-je, voici ma nouvelle question : l'un de vous connaît-il Mme Mahoney ? Ou tout autre personne de River Heights ?

Personne ne répondit, mais Angela parut mal à l'aise. Je la regardai dans les yeux : elle baissa les paupières. J'allai droit au but :

– Angela, vous avez des relations en ville ?

Elle acquiesça, et répondit en triturant nerveusement son mouchoir :

– P-pas exactement. Mais une de mes cousines habite à quelques kilomètres au nord. Melissa Russo. Peut-être que tu en as entendu parler ? Je… je ne crois pas qu'elle connaisse Mme Mahoney. Je suppose que tu devras vérifier. Mais elle n'irait jamais voler quoi que ce soit…

– Angela, tu es vraiment stupide ! la coupa Cassidy, l'air écœuré. Bien sûr qu'elle n'a rien volé ! Elle n'est même pas sur ce bateau ! Tu nous fais perdre notre temps !

– Contrairement à toi avec ton ramdam pour un vulgaire médaillon ? lui rétorqua Brady.

Cassidy lui décocha un regard noir, puis s'affala sur sa chaise et tapa du pied avec impatience.

Je m'efforçai d'ignorer l'éclat de l'actrice principale. Je me demandais pourquoi Angela était si nerveuse. Sa cousine n'évoluait sans doute pas dans les cercles que fréquentait Mme Mahoney… mais sait-on jamais ? À tout hasard, je demandai le numéro de téléphone de

Melissa, et le notai sur mon calepin.

Puis je dis aux acteurs qu'ils étaient libres de s'en aller. Cependant, Toby vint me trouver :

– Mon intention n'était pas d'orienter les soupçons sur Angela.

– Je doute que sa cousine soit impliquée, dis-je en haussant les épaules. Il faudra quand même que je m'en assure. En tout cas, il est logique qu'une personne mêlée au vol ait des contacts qui repèrent d'abord les cibles potentielles. Merci pour votre suggestion !

– Oh, un écrivain doit savoir entrer dans le fonctionnement d'un esprit criminel...

Cassidy, qui passait alors devant nous, commenta :

– Uniquement lorsque ça l'arrange.

10. Trahison

Une demi-heure plus tard, je m'interrogeais encore sur la remarque de Cassidy. Pourquoi avait-elle cherché à diriger mes soupçons sur Toby ? Je ne parvenais pas à entrevoir la raison de son attitude… Enfin, je pensai à son médaillon, qui n'avait toujours pas été retrouvé. Sa disparition s'était produite *avant* la montée à bord des invités : aucun de ces derniers n'était donc responsable de ce vol.

– Mais bien sûr ! m'écriai-je, en m'immobilisant sur le pont.

En toute logique, cela démontrait aussi l'innocence de Ned ! Ni le capitaine ni le chef

McGinnis ne pourraient s'opposer à ce raisonnement !

Je remontai vers le pont Star. À mi-chemin, je tombai sur le capitaine. Il n'avait certes pas l'air heureux !

– Où étais-tu ? me lança-t-il d'un ton qui me déplut.

– J'interrogeais les acteurs, répondis-je, en m'efforçant de rester calme.

– C'était une perte de temps. Je t'avais demandé de venir à la timonerie sans tarder. Nous avons déjà un bon suspect… Mais tu es peut-être au courant ?

– Oui, et Ned n'est pas coupable ! Je peux le mettre hors de cause.

– Comme c'est commode !

« Oh, ça va ! pensai-je. Inutile d'être aussi sarcastique ! »

– Vous devez me croire ! insistai-je.

Il leva les yeux au ciel :

– Je ne suis pas tombé de la dernière pluie ! C'est ton copain.

– Ce n'est pas la première fois que mon objectivité est mise à l'épreuve au sujet de personnes très proches, je sais garder ma lucidité. Et il se trouve, en l'occurrence, que, selon les indices, il ne peut s'agir de Ned.

– Pourquoi ?

– Celui ou celle qui a volé l'émeraude de Mme Mahoney se trouvait sur ce vapeur avant qu'il monte à bord.

– Qu'est-ce qui te permet de l'affirmer ?

– Le médaillon de Cassidy Norman. Il a disparu avant votre arrivée à River Heights, soulignai-je, m'efforçant de ne pas paraître trop fière de moi.

L'espace d'un instant, le capitaine Mike parut presque convaincu. Cependant, un mince sourire se dessina peu à peu sur son visage.

– Bien joué, mademoiselle la détective du chef McGinnis ! L'ennui, c'est que tu as oublié un détail : la possibilité que ces deux vols n'aient aucun lien entre eux.

Je restai d'abord interdite. Mais il me fallut bien admettre :

– Je n'y avais pas pensé.

Nous descendîmes dans la cabine de Ned, qui ouvrit sa porte en souriant. Il perdit son air jovial à la vue du capitaine.

– Oh, salut, capitaine Mike, fit-il.

Il s'efforça de capter mon regard pendant que nous entrions dans la cabine, mais je détournai les yeux. S'adressant à moi, le capitaine lâcha :

– À qui l'honneur ?

Prenant mon courage à deux mains, j'appris

à Ned qu'il était suspect d'avoir volé l'émeraude.

– Tu me fais marcher ! s'écria-t-il.

Puis, nous ayant dévisagés tour à tour, il comprit que c'était sérieux, et s'exclama :

– Ne me dis pas que tu crois une chose pareille, Nancy !

– Bien sûr que non ! explosai-je. Mais il y a un faisceau de présomptions contre toi, et nous devons prouver que tu n'as pas le collier.

Je vis qu'il était blessé, et en colère aussi. Ce fut cependant avec beaucoup de calme qu'il affronta le capitaine.

– Très bien. Fouillez-moi, lui dit-il. Fouillez toute la cabine.

Le capitaine lui demanda de retourner ses poches, regarda sous son matelas, inspecta les tiroirs, l'étroit placard, le nécessaire de rasage de Ned et, pour terminer, sa valise.

– Bon. Jusqu'ici, pas de problème, se décida-t-il à déclarer.

– Ravi que vous en conveniez, répondit Ned, qui masquait avec peine son irritation. J'aimerais tout de même savoir ce qui a orienté les soupçons sur moi plutôt que sur d'autres ! La salle à manger était *remplie* de suspects potentiels !

Le capitaine Mike est un homme bourru,

avec des manières discutables. Mais je dois lui rendre cette justice : lorsqu'il eut constaté qu'il ne trouvait pas le bijou, son attitude à l'égard de Ned se radoucit quelque peu, et il lui exposa la situation. À mesure qu'il parlait, Ned se détendit.

– C'est un énorme malentendu ! commenta-t-il.

– C'est ce que m'a affirmé Nancy. J'étais cependant tenu de vérifier, désolé. Je suis tenté de te croire, et je vais immédiatement prévenir le chef McGinnis que tu sembles hors de cause. Mais, tant que nous n'aurons pas trouvé le collier et le vrai coupable…

– Je connais la chanson ! le coupa Ned. Il y a assez longtemps que je fréquente Nancy pour savoir que je reste un suspect potentiel ! Je suis juste descendu de quelques crans sur la liste des probabilités.

Le capitaine Mike repartit à la timonerie, dans son bureau, et je demeurai seule avec Ned. Il y eut un moment de silence embarrassé. Puis nous commençâmes en chœur :

– Je… – pour nous interrompre aussitôt.

Avec un petit rire nerveux, Ned lâcha :

– Toi d'abord.

– Je suis désolée, Ned. Je ne t'ai pas soupçonné une seconde. Mais le capitaine avait alerté McGinnis, je ne pouvais pas faire comme si de rien n'était...

– N'empêche que ça me blesse quand même, Nancy. Cela dit, je comprends... Alors, oublions ça.

Il me tendit la main, et je la serrai. Nous n'étions pas prêts à un baiser, pourtant. Au bout d'un instant, mon copain demanda d'un ton léger :

– Eh bien, qui est sur la liste, à part moi ?

– Pour le moment, personne. J'ai demandé à Tonya Ward de me faxer les informations que le chef s'est procuré sur l'équipage. J'espère que George pourra effectuer des vérifications sur certains acteurs et employés.

– Tonya ? La réceptionniste de McGinnis ? Bonne idée ! approuva Ned. C'est toujours utile d'avoir une amie dans la place, hein ?

Nous prîmes le chemin de la cabine de George, située dans les quartiers d'équipage. Pour de courtes traversées comme celle-ci, le vapeur naviguait avec un personnel réduit ; elle avait donc droit à une cabine pour elle seule, à côté de celle de sa mère.

Nous la trouvâmes assise en tailleur sur la couchette du bas... les yeux rivés sur l'écran de son ordinateur portable, évidemment !

– Je recoupe les infos sur l'équipage, dit-elle après nous avoir salués distraitement. Très intéressant…

Je ne fus pas surprise de constater qu'elle avait devancé ma requête ! Sur une affaire, j'ai tendance à voir d'abord les gens, les interroger, jauger leurs réactions corporelles… Je fonctionne surtout au contact. George aussi aime bien les gens. Mais, pour débroussailler une situation, ou résoudre un problème, elle s'en remet plutôt à l'informatique.

– Qu'est-ce que tu regardes, comme genre d'infos ? s'enquit Ned en s'installant près d'elle sur une chaise pour lorgner l'écran.

– Les antécédents des marins. J'ai entré tous les noms que j'ai réussi à télécharger à partir de la base de données de l'armateur.

– Hein ? hoquetai-je. Tu t'es introduite dans leurs registres du personnel ?

– Leur système de sécurité est si perméable qu'ils ne l'ont pas volé ! déclara George en m'adressant un clin d'œil. Quand tu auras résolu cette affaire, tu leur téléphoneras pour leur expliquer que tu connais une mordue d'informatique capable de mettre à jour leur pare-feu pour une somme raisonnable.

C'est George tout craché, ça !

Ses méthodes me mettent parfois sur les nerfs, mais pas au point de ne pas tirer parti des informations qu'elle déterre !

– Alors, qu'as-tu déniché ? demandai-je.

– Le capitaine Mike Jones a un passé intéressant. Regarde-moi ça !

Elle cliqua sur un signet. Le nom de Mike Jones apparut.

– Il a déjà eu des ennuis avec la loi. Il possédait une société de pêche, voici quelques années. Le FBI l'a piégé dans un coup de filet anti-contrebande à La Nouvelle-Orléans. Le truc bizarre, c'est qu'il a été inculpé, mais, qu'avant le procès, le FBI a renoncé aux poursuites.

– Parce qu'ils n'avaient pas assez d'éléments contre lui ? suggéra Ned.

– Va savoir ! Pirater les archives du FBI, ça risque de prendre un peu plus de temps…

– Je n'ai rien entendu ! protestai-je, me bouchant les oreilles.

Mais je continuai à regarder l'écran. Impossible de résister !

– Vous avez vu, il y a autre chose ! fis-je.

– Exact, dit George, faisant défiler la page. Peu après l'abandon de cette accusation, il a été engagé comme capitaine d'un yacht privé… qui a pris feu et coulé dans des circonstances mystérieuses ! J'ai fouiné du côté de la compagnie d'assurances du yacht : il y avait des indications de fraude à l'assurance. Là encore, pas d'inculpation !

Elle leva les yeux, et déclara :

– Nancy, je suis sûre que c'est ton homme !

– Il a un casier, l'appuya Ned.

– *Techniquement*, non, soulignai-je. En revanche, il a été impliqué dans des affaires louches, c'est clair. Sa présence lors de l'accident sur ce yacht, et quand le FBI a surpris le réseau de contrebande… c'est quand même un peu trop pour n'être qu'une coïncidence, il me semble.

– Tu peux en être sûre ! insista George. Au fait… il y a aussi un mystère autour de son départ de la marine. Il était honorable mais un peu soudain, je trouve. Difficile de trancher, il y a pas mal d'éléments censurés dans ces vieux fichiers.

Comme George et Ned, j'étais très tentée d'incriminer le capitaine Mike. Quelque chose, chez lui, ne cadrait pas avec les apparences, mon sixième sens me le soufflait ! Cependant, pour l'accuser d'un crime ou d'un délit, il me fallait des éléments plus solides et plus concluants !

Ned perçut sans doute ma réserve, car il lança en sortant son mobile :

– J'ai une idée ! Si je demandais un coup de

pouce à mon père ? Du temps où il était journaliste à Washington, il avait beaucoup de contacts au FBI. Je vais lui passer un coup de fil pour voir ce qu'il peut faire.

11. Pris sur le fait

– Si le capitaine a un casier, raisonna George, il devrait figurer dans ce satané Fichier national de lutte contre le crime. Que je pourrais très bien pirater, je vous signale. Mais ça prendrait des jours et des jours. Leurs systèmes de sécurité sont connus pour leur sûreté.

Dans mon inquiétude pour Ned, j'avais failli oublier les informations que le chef McGinnis avait promis d'envoyer !

– Le capitaine Mike n'a pas dit si le chef lui a faxé sa réponse, fis-je remarquer à George.

Ned suggéra aussitôt :

– Il n'a peut-être pas très envie que tu la voies !

– Sans compter que ce n'est pas le genre du chef de la police de traîner à enquêter sur l'équipage..., souligna George. Il y a des heures que tu as alerté Tonya, Nancy !

– Ce n'est pas *moi* qui lui ai adressé un fax, c'est le capitaine. C'est lui qui contrôle les télécopies. Je pensais rester avec lui, près de la machine, rien que pour être sûre... mais j'ai été occupée.

En précisant cela, je pris tout à coup conscience de la signification implicite du commentaire de mon copain.

– Et si Ned avait raison ? m'exclamai-je. Si Tonya a fait parvenir les infos, et que le capitaine les garde pour lui ?

– Je ne vois pas d'autre moyen de le savoir que de lui poser la question, lâcha Ned, en consultant sa montre et en se mettant debout. Il est minuit passé ! Je vais me coucher. Mais si papa téléphone pour me communiquer ce qu'il a pu tirer de ses contacts au FBI, je te t'appellerai sur ton mobile, Nancy !

George attendit qu'il ait quitté la cabine, puis me demanda :

– Il se trouve où, ce fax ?

– Dans le bureau, juste à côté de la timonerie.

Elle se leva d'un bond pour fouiller dans son

sac à dos, dont elle tira un papier à en-tête de l'entreprise de sa mère.

– Si je peux avoir accès à cette machine, je saurai si le capitaine a vraiment contacté McGinnis, si on lui a répondu, et à quelle heure.

– Comment ?

Elle leva les yeux au ciel.

– Bon, bon, OK, soupirai-je. Quelles sont tes intentions ?

– Je vais envoyer un fax au bureau de maman. Ne t'inquiète pas ! J'ai un prétexte tout trouvé, si on me questionne : je dirai qu'il manque quelque chose dans les livraisons pour le bateau. Mais j'ai besoin de toi pour détourner l'attention.

Grimpant quatre à quatre les marches qui menaient au pont supérieur, nous prîmes le chemin de la timonerie. Cab s'y trouvait seul, sa jambe blessée reposant sur des coussins.

Notre plan se déroula sans anicroche. Pendant que je m'enquérais de sa santé, puis donnais un tour plus général à la conversation, George entra à côté, dans le bureau, pour envoyer son fax. Un instant plus tard, elle passait la tête dans l'entrebâillement :

– Cab, où sont les cartouches de rechange ? Celle-ci est nase.

Cab lui expédia le jeu de clefs qui ouvrait la remise de fournitures, et nous reprîmes notre discussion. George ne tarda pas à être de retour.

– Merci, Cab, dit-elle. J'espère que vous irez mieux demain !

– Oh, ce n'est rien de bien méchant ! J'en ai vu d'autres ! fit-il en étouffant un bâillement. Une fois, un alligator… Enfin bref, il est trop tard pour que je me lance dans cette histoire !

Soulagée de voir qu'il ne nous retiendrait pas, car je n'avais guère envie qu'on nous surprenne en possession d'éléments confidentiels, je déclarai :

– Vous nous la raconterez demain, j'espère ! Je suis curieuse de l'entendre. Bonne nuit, Cab !

Puis nous sortîmes. Dehors, George me chuchota en tapotant la poche kangourou de son sweat-shirt :

– J'ai ce qu'il faut. Je vais examiner ça !

Nous prîmes ensemble la direction du pont Plantation. Tandis que George descendait vers les quartiers d'équipage, je gagnai ma cabine, changeai de chaussures, pris ma torche, et empruntai l'escalier intérieur menant à la salle à manger.

Seules les veilleuses brûlaient aux lisières de la salle. Ne m'attendant pas à trouver qui que ce fût à cette heure tardive, j'entrai… et m'arrêtai pile. Juste devant moi, deux silhouettes traversaient furtivement la scène, dans le noir. Chacune avait une torche semblable à la mienne. Par chance, la moquette avait étouffé le bruit de mes pas !

J'observai un instant leur manège. Puis je gagnai le bar à pas de loup, me penchai par-dessus le comptoir pour atteindre l'interrupteur, et allumai les lustres.

– Nancy ! s'exclama Toby Marchand.

La deuxième silhouette était celle d'Angela, la jeune actrice. À ma vue, elle porta la main à son cœur, s'affala sur un canapé du décor, et fondit en larmes.

– Ce n'est pas moi, pleurnicha-t-elle. Je jure que ce n'est pas moi !

Je ne l'avais encore accusée de rien... Mais elle venait d'obtenir la première place ex æquo avec Toby sur ma liste de suspects, c'était sûr !

– Arrête, Angela ! ordonna Toby.

De façon surprenante, elle cessa de pleurer et leva les yeux vers moi – l'air on ne peut plus coupable.

– Je n'ai pas volé le collier, déclara-t-elle.

– Nancy ne t'a même pas accusée, observa Toby.

– *Pas encore*, rectifiai-je, en m'approchant d'eux.

D'un rapide coup d'œil, j'examinai les portes donnant sur le pont : elles étaient fermées. Il n'y avait donc qu'une issue pour quitter la salle : celle que je venais d'emprunter. Et pour la prendre, il fallait passer devant moi. Parfait ! J'avais deux mots à dire à Toby et Angela avant de les laisser libres d'aller et venir !

Je remarquai qu'Angela cherchait à dissimuler quelque chose sous les pans de sa jupe à fleurs : une bosse déformait le tombé du tissu.

– Qu'est-ce que c'est que ça ? demandai-je.

– Une boîte, dit-elle, en tressaillant.

Elle révéla l'objet, qui était en bois, et que je reconnus d'emblée pour un accessoire de la représentation.

Je grimpai en scène, et tendis la main. Angela hésita, puis céda, et me tendit la boîte. Mais celle-ci lui échappa des mains avant que j'aie pu la saisir, et tomba par terre. Le couvercle céda, le fond s'ouvrit ; quelque chose fut éjecté dans un cliquetis.

– Une boîte à double fond ! m'exclamai-je.

Un objet argenté avait roulé au sol. Angela voulut le dissimuler avec son pied ; mais, plus rapide qu'elle, je le ramassai.

– Le médaillon de Cassidy ? fis-je.

Elle acquiesça, et fondit de nouveau en

larmes. Hochant la tête, Toby la rejoignit. Je le vis hésiter. Pour finir, il lui entoura les épaules de son bras :

– Allons, il vaut mieux que tout sorte au grand jour.

J'attendis qu'elle se ressaisisse et avoue le vol du collier de Mme Mahoney, tout en me demandant qui était son complice. Toby ? Il était en scène pendant toute la durée de la pièce et lors de la coupure de courant… Non, c'était forcément quelqu'un d'autre.

Angela continua à pleurer. Je perdis patience :

– Angela, dites-moi où vous avez mis le collier !

– Je… ce n'est pas moi qui l'ai pris ! soutint-elle en levant les yeux.

Des coulées dc mascara noir maculaient son joli visage.

– J'ai juste subtilisé ce médaillon parce que…, tenta-t-elle de continuer.

Puis, se renversant sur le sofa, entre les bras de Toby, elle sanglota de plus belle.

– Nancy, je sais que les apparences prêtent à confusion, plaida-t-il, mais cela n'a rien à voir avec Mme Mahoney ! Il s'agit d'une affaire strictement personnelle, qui ne concerne que la troup…

– Toby, un grave délit a été commis sur ce bateau, le coupai-je. Alors, il n'y a pas d'affaire « strictement personnelle », et vous en êtes parfaitement conscient !

Il regarda Angela d'un air d'impuissance, espérant qu'elle se déciderait à parler. Elle garda la tête enfouie dans les coussins, mais elle avait cessé de sangloter, et semblait attentive.

– Il s'agit de Cassidy et moi, soupira-t-il enfin. Nous devons nous marier à la fin de la saison estivale. Angela en est bouleversée.

– Et il y a de quoi ! s'écria cette dernière en se levant d'un bond. On sortait ensemble depuis janvier ! Et il a suffi qu'une de tes *vieilles* maîtresses débarque pour que tu me laisses tomber. Bien sûr que je suis dans tous mes états, Toby ! C'est pour ça que j'ai fait disparaître son porte-bonheur !

Angela pivota face à moi, poings sur les hanches.

– Je ne l'ai pas volé, précisa-t-elle. Juste planqué. Et ça a marché ! Elle n'arrive même plus à se rappeler son texte ! Ça t'apprendra, espèce de *vieux* beau ! acheva-t-elle à l'intention de Toby.

– Ne sois pas garce ! protesta-t-il – beaucoup trop mollement à mon gré.

Cependant, je me voyais forcée de croire Angela. D'ailleurs, si elle avait peut-être eu l'opportunité de voler le collier pendant la panne, elle ne semblait avoir ni la main assez sûre, ni le cran nécessaire. Ni même un mobile.

Angela se rassit sur le canapé, saisit un mouchoir en papier dans la boîte posée sur la table basse, et se moucha bruyamment.

– Alors, tu nous crois? demanda Toby, descendant de scène.

Je répondis en haussant les épaules :

– Oui. Mais ça ne m'avance pas à grand-chose ! Je vous engage tout de même à rendre son médaillon à Cassidy. Lorsque le chef McGinnis sera au courant de cette histoire, il ne manquera pas d'en tirer des conclusions déplaisantes pour vous.

Je remis le médaillon à Toby, qui promit :

– Je le restituerai dès ce soir. Il y avait un moment que je soupçonnais Angela. Mais c'est uniquement après notre représentation qu'elle m'a avoué ce qu'elle a fait. Elle m'a supplié de l'accompagner ici après la fermeture pour récupérer le médaillon. J'étais censé le mettre dans le secrétaire de Cassidy, comme s'il était égaré là depuis le début.

– OK, fis-je.

Je n'avais pas oublié que je voulais examiner

les décorations florales. Après le départ de Toby et Angela, j'explorai sans enthousiasme les plus proches de la scène.

Je me sentais frustrée, contrariée. Ma liste de suspects était une véritable peau de chagrin ! Dès que j'y « inscrivais » quelqu'un, il se retrouvait hors de cause en un temps record !

Exception faite, toutefois, du mystérieux capitaine Mike…

Quelques heures plus tard, la sonnerie insistante de mon téléphone mobile me réveilla. J'émergeai peu à peu des profondeurs de mon rêve. Je n'avais pas envie de revenir à la conscience car, dans ce rêve, je détenais un indice – un élément qui aurait dû me frapper beaucoup plus tôt… Dès que j'eus ouvert les yeux, tout se dissipa comme une fumée.

J'attrapai mon mobile, et ne tardai pas à entendre la voix incroyablement dynamique de George :

– Saaalut !

Je frottai mes paupières, puis écartai une lame du store vénitien de ma cabine. L'aube commençait à rosir le ciel.

– Comment peux-tu être aussi *réveillée* ? gémis-je.

– Parce que je ne me suis pas couchée !

Je fus aussitôt tout à fait lucide. Me redressant sur mon séant, je m'exclamai :

– Tonya a envoyé un fax !

– En plein dans le mille ! L'équipage est hors de cause. Mais il y a deux exceptions notables !

– Intéressant ! Alors, quels sont les antécédents du capitaine Mike ?

– Va savoir, fit George. Lorsqu'il a communiqué la liste des noms des membres d'équipage au chef, il a omis le sien. Je ne prétends pas qu'il l'a fait exprès…

– Voyons, George, coupai-je, c'est *forcément* intentionnel ! Ce type a un passé douteux ! Il deviendrait plus que suspect aux yeux du chef McGinnis, si celui-ci en était averti.

– Possible. On verra ce que déniche M. Nickerson par le biais de ses contacts. Tu ne veux pas que je te parle de mon autre découverte ?

– Vas-y, bon sang, je t'écoute !

– Figure-toi que Cab Mitchell aussi a « disparu de l'écran radar », voici une quinzaine d'années, au moment où il a quitté la marine. Il a refait brusquement surface il y a environ huit mois lorsqu'il a dû demander une autorisation officielle pour travailler sur ce vapeur.

– Mais il a bien obtenu le feu vert des services de sécurité ?

– Oui. Ce qui le met hors de cause, j'imagine…

Pour ma part, je n'en étais pas si sûre. Un «trou» de quinze ans dans la vie de quelqu'un… Où Cab avait-il passé cette longue période ? La première explication qui venait à l'esprit était : en prison. Mais, dans ce cas, le Fichier national aurait fait ressortir qu'il avait un casier…

Soudain, j'eus une inspiration :

– George, lorsque tu as piraté les registres du personnel de la compagnie maritime, as-tu vu qui a engagé Cab ? Était-ce précisé ?

– C'est le capitaine Mike qui l'a recommandé. Ils étaient dans la même unité de la marine.

Ainsi, c'étaient d'anciens amis du temps de la Navy ! Ils avaient sans doute un passé commun intéressant. La biographie du capitaine, après sa période de service, était trouble. Celle de Cab l'était-elle aussi ? Étaient-ils associés dans des activités criminelles ?

Je résolus d'interroger le capitaine Mike au sujet de son compagnon de route… mais avec prudence ! Je ne voulais pas qu'ils sachent, l'un et l'autre, que je les soupçonnais.

La conversation finie, j'allai me doucher. J'étais trop excitée pour songer à me recoucher.

Alors, autant profiter du calme matinal pour faire un jogging sur le pont.

Je venais d'enfiler un short et un sweat-shirt lorsqu'un cri perçant troua le silence de l'aube.

12. Cruauté

Alors que je me ruais vers le seuil, un deuxième cri de femme retentit. Il venait comme le précédent de la cabine voisine : celle de Mme Mahoney !

En peignoir, dans le couloir, elle désignait l'intérieur de sa cabine d'angle. D'autres portes s'ouvrirent, et dcs passagers plus ou moins vêtus avancèrent la tête pour savoir ce qui provoquait toute cette agitation.

– Madame Mahoney, qu'est-ce qu'il y a ? demandai-je, suivant la direction qu'elle pointait du doigt.

Je crus d'abord voir un petit tapis écru, devant sa coiffeuse. Je réalisai vite que ce n'était pas du tout une descente de lit, et je m'exclamai en me précipitant vers le corps inerte :

– Fizzy Lizzy !

La tête de la petite chienne était ballante, sa langue pendait hors de sa gueule. Horrifiée, Mme Mahoney gémit :

– Elle est morte, Nancy !

– Où est Mme Tucker ? lui demandai-je. Et pourquoi Fizzy est-elle chez vous ?

– Nadine a tenu à ce qu'elle reste près de moi cette nuit, à cause du vol et le reste. Je suis allée prendre une douche, et quand je suis sortie du cabinet de toilette, je…

Elle ne put poursuivre, et se tourna vers Mme Tucker, qui venait d'arriver. Les paupières encore lourdes de sommeil, achevant tout juste de nouer son peignoir, celle-ci aperçut la petite chienne, et porta la main à sa bouche :

– Oh, non ! Que s'est-il passé ?

– Je-je ne sais pas, Nadine, balbutia Mme Mahoney, c'est tellement affreux…

– Je crois qu'elle vit, annonçai-je, après avoir palpé la chienne. Elle devrait très bien se remettre, elle est juste endormie. Mais je pense qu'on l'a droguée.

Mme Mahoney eut un haut-le-corps :

– Droguée ? Qui a pu faire ça ?

– Et *comment* ? ajouta Mme Tucker.

À cet instant, le capitaine Mike survint, vit Fizzy Lizzy, et lança :

– Que lui est-il arrivé ?

– Arrivé… ça ne s'est pas produit tout seul ! soulignai-je.

Je fouillai la corbeille à papiers : j'y trouvai un de ces minces étuis d'aluminium qui enveloppent certains médicaments. Il était déchiré à une extrémité, et contenait encore un demi comprimé écrasé. Quelle que fût cette drogue, Fizzy Lizzy n'en avait donc absorbé que la moitié. Saisissant délicatement l'emballage, je déclarai :

– Je tiens l'indice révélateur.

– Oh, mais je connais ça ! commenta Mme Tucker en se penchant pour l'examiner. C'est un calmant courant. On l'utilise pour tranquilliser les concurrents trop nerveux dans les expositions canines. Il m'est arrivé d'en administrer à mes chiens, en voyage. Un comprimé, c'est beaucoup trop pour une si petite bête ! Fizzy ira très bien lorsqu'elle se réveillera, mais ça va prendre plusieurs heures !

– Nous ne saurons jamais si quelqu'un a voulu lui faire avaler tout le comprimé, ou s'il savait qu'une moitié suffirait à l'envoyer dans les vapes, observai-je, en massant les pattes de la chienne, qui gémit dans son sommeil et me lécha les mains.

« Est-ce que Cab est derrière tout ça ? » me demandais-je.

Quant au capitaine Mike, il interrogea Mme Mahoney :

– Comment a-t-on pu entrer dans votre chambre ?

– Je... je ne me l'explique pas ! J'avais verrouillé la porte avant de m'enfermer dans la salle de bains, pour prendre ma douche habituelle. Lorsque je suis ressortie, j'ai trouvé cette pauvre petite chose. Oh, c'était horrible !

– Qui a les clefs ? voulut savoir Mme Tucker.

J'étais déjà en train d'examiner la serrure, et j'annonçai :

– On a crocheté la serrure. La petite barre est tordue.

Le capitaine s'excusa auprès de Mme Mahoney pour le manque de sécurité, puis laissa les deux femmes s'occuper du chien. Je le rejoignis dans le couloir.

C'était l'occasion ou jamais de lui soutirer des informations sur Cab, et peut-être d'obtenir quelque lumière sur son propre passé !

– Pourrais-je m'entretenir avec vous en privé ?

– Bien sûr, me dit-il, en ouvrant la marche

vers le pont. J'aimerais savoir comment se déroule l'enquête.

Je n'allais certes pas lui révéler qu'il était mon suspect numéro un ! Je lui demandai d'abord si un des marins avait travaillé auprès d'un vétérinaire, ou dans le milieu des animaux de concours.

– Je ne crois pas, mais je ne peux l'affirmer, me répondit-il. Les gens ont tendance à adapter leurs CV aux jobs pour lesquels ils postulent. Et une expérience de ce genre ne peut pas leur servir à obtenir un boulot sur un vapeur !

Il réfléchit un instant, puis ajouta :

– Peut-être qu'un membre de la troupe de Toby a travaillé avec des animaux, en revanche.

Je dis que je m'en assurerais. En réalité, j'étais convaincue qu'il ne valait pas la peine de perdre du temps à ça. Mon instinct me soufflait que Toby et sa compagnie n'avaient rien à se reprocher.

Je pris ensuite des informations sur Nelson, l'homme de la chaufferie, et un ou deux autres marins que je n'avais pas encore pu interroger. Soucieuse de ne pas éveiller les soupçons du capitaine, je réservai pour la fin mes questions sur le second :

– Cab a l'air d'un type intéressant. Il doit avoir une sacrée expérience !

Le capitaine approuva sans difficulté.

– On se connaît depuis tout jeunes – depuis qu'on avait à peu près ton âge. Nous avons mené la même carrière dans la marine, jusqu'à nos derniers états de service.

– Et ensuite, il a fait quoi ?

– Pas mal de choses, je crois. J'ai plus ou moins perdu le contact avec lui… Ce sont des choses qui arrivent. Il s'est manifesté de nouveau il y a environ six mois, à La Nouvelle-Orléans : il cherchait du boulot. Je l'ai engagé séance tenante. C'est un remarquable pilote, et un marin estimable. Un des rares en qui j'aurais confiance sur ce bateau en cas de pépin.

Ainsi, le capitaine ne pouvait pas combler la lacune dans le parcours de Cab ! Pourquoi ? Cherchait-il à couvrir son ancien ami, et à se couvrir aussi ? Ou bien avaient-ils réellement perdu le contact ?

Ayant laissé passer une minute ou deux, je demandai avec une décontraction voulue :

– Comment un aussi bon marin a-t-il pu se retrouver sans travail ?

– Cab pêchait la crevette dans le golfe du Mexique. Il avait même son propre bateau, à ce qu'il paraît. Mais c'est un secteur d'activité en plein déclin depuis un moment. Les temps étaient durs. Par là-dessus, son crevettier a fait naufrage pendant un ouragan alors qu'il tentait de rentrer au port. Ça remonte à l'an dernier. Son assurance ne pouvait pas couvrir les dégâts, et, pour couronner le tout, il a été blessé.

– Oh, oui, c'est vrai, la canne…

– Ça n'aide pas à convaincre les employeurs, par les temps qui courent ! Ce ne sont pas les marins valides qui manquent ! Mais j'ai tenu à secourir un vieil ami. D'ailleurs, il y a assez de costauds sur ce vapeur pour relayer Cab en cas de besoin.

Le capitaine ajouta avec une grimace :

– C'est une des raisons pour lesquelles j'ai recruté Dylan. Il est gentil, mais comme mécano, il n'y a rien à en tirer ! Heureusement, il a du muscle ! Il peut jouer les gros bras.

Il sourit, comme pour lui-même, et continua :

– Et puis, au printemps dernier, Cab m'a parlé de sa nièce. Elle cherchait un job d'été. Je l'ai engagée. Elle est épatante avec les passagers, s'entend avec l'équipage, et connaît déjà le bateau comme sa poche. Elle a vraiment la navigation dans le sang ! Un vrai loup de mer… avec un physique de sirène, conclut-il, en souriant de nouveau.

– Sa nièce ? Qui est-ce ?

– La belle rousse. Hillary, la serveuse.

– On demande le capitaine Mike ! On demande le capitaine Mike ! lança une voix dans la sono.

– Tu me mettras au courant plus tard, pour ton enquête, me dit le capitaine d'un air rembruni. J'attends l'appel de McGinnis, je dois lui communiquer l'heure probable de notre arrivée.

Il s'éloigna, me laissant déconcertée. Si Cab était un pêcheur au chômage, pourquoi ne retrouvait-on aucune trace administrative du naufrage de son ancien crevettier ? Je croyais savoir que tous les accidents navals, même ceux qui impliquaient de petites embarcations, faisaient l'objet d'une enquête des gardes-côtes.

Bien entendu, comme beaucoup de gens en marge, Cab avait peut-être travaillé sans déclarer ses transactions. Peut-être même n'avait-il jamais assuré son bateau... Je pensai aux accointances du capitaine avec des contrebandiers, et le fait qu'il avait peut-être été mêlé à une fraude à l'assurance. Ces deux-là avaient-ils partie liée ?

Croquant une des barres énergétiques disponibles dans les corbeilles disposées sur les tables, je ruminai le récit du capitaine.

J'achevais mon « breakfast » improvisé, lorsque Ned me trouva sur un transat du pont Plantation.

– Nancy, tu ne vas pas en revenir ! lança-t-il en tirant un autre transat pour s'installer face à moi.

Je vis à son regard brillant d'excitation qu'il avait du nouveau.

– Ton père a appris quelque chose ! devinai-je.

– Oui. Et tu vas voir, c'est vraiment fort !

Il m'invita à me pencher plus près de lui, et révéla à voix basse :

– Notre bon capitaine Mike n'a pas « disparu du radar ». C'est le radar qui a reçu l'ordre d'ignorer son existence ! C'est un agent infiltré, Nancy ! Pour le compte du FBI. Papa n'a pas pu en apprendre davantage, mais le capitaine ne fait pas partie des méchants, c'est clair !

– Il n'était pas contrebandier ? Il travaillait pour les fédéraux ?

Ned acquiesça.

– Ben dis donc, commenta-t-il, tu n'as pas l'air de considérer que c'est une bonne nouvelle.

– C'est tout bon pour le capitaine, pas pour ma dernière théorie en date !

Je lui parlai du crevettier, et du passé de Cab.

J'allais me lancer dans les détails, lorsque j'entendis le martèlement d'une canne. Cab venait vers nous.

Je me demandai si le second savait que Fizzy Lizzy avait été droguée ; si c'était lui qui en était responsable ; s'il avait voulu *liquider* l'animal.

– Bonjour, Cab. Comment va votre jambe ? s'enquit Ned.

– Je survivrai, répliqua-t-il. J'en ai vu de pires. Il n'empêche, cette chienne est dangereuse. On devrait l'endormir pour de bon.

« L'endormir ? Pour de bon ? Tiens donc... » pensai-je.

Ned protesta :

– Cab, vous exagérez ! Elle était excitée par son numéro en scène, et quelque chose l'a effrayée : vous, ou votre canne. Elle est juste impressionnable.

– C'est le moins qu'on puisse dire ! grommela Cab.

Il se tourna vers moi, et son visage s'éclaira :

– Salut, Nancy ! Alors, ton enquête avance ?

– Un peu... J'ai bavardé avec le capitaine, et il m'a appris que vous aviez eu un crevettier !

– Ah, il t'a parlé de ça ?

– Oui. Il paraît qu'il a sombré ?

– C'est dans cet accident que je suis devenu infirme.

L'air intéressé, Ned s'enquit :

– Et il s'appelait comment, votre bateau ?

Cab répondit après une hésitation :

– *Ebony Sunset.*

Il nous salua et s'éloigna. Promettant à Ned de le retrouver à l'heure du déjeuner, je descendis dans la cabine de George. L'ayant mise au courant de l'histoire de Cab, je lui demandai de chercher des renseignements sur un crevettier appelé *Ebony Sunset*.

– Il n'y a rien ! me déclara-t-elle, un moment plus tard. On n'a jamais enregistré de crevettier à ce nom... ni *aucun* autre bateau. Il n'y a pas trace d'un naufrage au large de La Nouvelle-Orléans, et pas trace de la moindre assurance.

– Cab a quelques explications à fournir ! déclarai-je.

George se rembrunit.

– Nancy, à ta place, je me méfierais ! Si ce type a aussi bien brouillé ses pistes, alors, ce n'est pas un amateur ! Il doit être relié à du plus gros gibier. J'en mets ma main au feu !

– Je ne suis pas si sûre qu'il fasse partie d'un réseau... Mais je suis d'accord avec toi, il est sans doute *relativement* dangereux. Ne t'inquiète pas, je serai prudente. De toute façon, pour autant que je sache, il ne se doute pas que je l'ai dans mon collimateur.

13. Surchauffe

J'aurais dû avertir George que j'allais voir Cab en la quittant, j'en conviens... Je n'avais pas l'intention de le mettre au pied du mur ; je désirais seulement me faire une idée plus précise à son sujet. Je n'étais pas tout à fait convaincue qu'il était le « méchant » de notre affaire... S'il était le voleur, pourquoi avait-il déclaré qu'il voulait qu'on supprime Fizzy Lizzy ? Cela ne pouvait manquer de le rendre suspect d'avoir empoisonné l'animal ; et, surtout, de s'être introduit dans la cabine de Mme Mahoney en quête d'autres bijoux...

Pendant que je le cherchais, je tombai sur Dylan et Bess, occupés à peindre des rocking-chairs en bois. Bien entendu, ils se chamaillaient ! Je me demandai si Bess allait tenir le coup jusqu'à la fin de son stage. En ce moment, elle avait l'air d'avoir envie de tirer sa révérence !

– Salut ! lançai-je, sur mes gardes. Ça va ?

– Figure-toi que *quelqu'un* a cassé un fauteuil, fit Bess.

Dylan souleva la bascule d'un rocking-chair, séparée de sa base.

– Il est vieux, dit-il. La colle ne tenait plus. Même un nul comme moi sait que ces sièges sont maintenus par de la colle ! ajouta-t-il en se tournant vers Bess.

Mon amie observa avec une douceur insinuante :

– Il y a des gens qui pensent que les objets abîmés sont bons pour la poubelle. Pourtant, ça nuit à l'environnement. Tu n'es pas de mon avis, Nancy ?

– Euh, oui… autant les recycler lorsque c'est possible. Bon, je v…

– Si on jette ce fauteuil, coupa Dylan sans me laisser terminer, ça évitera une perte de temps et d'énergie, et un beau gâchis de peinture.

– Qui est-ce qui te demande de gâcher ton temps et ton énergie ? s'échauffa Bess. Je descendrai ce truc à l'atelier, tout à l'heure, et je recoller…

Je n'attendis pas la suite. Je les laissai à leur dispute sans même dire au revoir.

Allez savoir pourquoi, aujourd'hui, Cab semblait insaisissable !

On m'informa qu'il était dans la timonerie. Lorsque j'y parvins, le capitaine Mike m'indiqua que le second était occupé dans le salon de l'Observatoire, où il étudiait les cartes. Mais les lieux étaient vides.

J'allai voir dans la salle à manger : Ken m'apprit que Cab était avec Nelson dans la salle des machines.

En bas, la porte de la chaufferie était ouverte. Je m'y aventurai, mais ne vis ni Cab ni Nelson.

– Il y a quelqu'un ? criai-je par-dessus le bruit de la chaudière.

– Nancy, par ici ! répondit Bess depuis l'atelier.

J'y entrai en demandant :

– Tu as vu Cab ?

Dylan remisait des boîtes de peinture sur une étagère. Le fauteuil cassé était sur un établi. Bess était occupée à adapter la partie courbe au socle.

– Là, ça y est ! fit-elle en s'essuyant les mains à un chiffon. On va laisser sécher pendant vingt-quatre heures, et il sera comme neuf !

– C'est ça, grommela Dylan. J'ai faim, moi ! Il doit être l'heure de déjeuner, quand même !

Il alla se laver les mains dans l'évier. Je remarquai qu'il était en sueur. Moi-même, j'étais en nage.

– Il fait drôlement chaud, ici, soupirai-je.

– Comme d'hab', lâcha Dylan.

– Quand même pas à ce point-là, observa Bess, qui entra dans la chaufferie.

Un instant plus tard, je l'entendis crier :

– Nancy, viens vite ! Il y a un problème !

Je me précipitai dans la chaufferie. La chaleur y était suffocante ; une chaudière émettait un drôle de bruit, pareil à un énorme gargouillis.

– Regarde, dit-elle. La pression devient trop forte dans la première chaudière.

Je vis que l'aiguille de l'indicateur se rapprochait de la zone « danger » colorée en rouge.

– La soupape de sûreté va entrer en action, nous rassura Dylan en achevant de s'essuyer les mains avec une serviette, qu'il jeta autour de son cou.

– Elle n'aurait pas déjà dû remplir son office ? demandai-je.

– Oui, confirma Bess. Où est Nelson ? C'est lui qui est de quart, en principe.

– Je ne l'ai pas vu en arrivant, dis-je.

Bess passa de l'autre côté des chaudières. Je la suivis, et l'observai pendant qu'elle passait en revue le labyrinthe de tuyauteries.

– Quelque chose ne tourne pas rond, Nancy. Cette soupape semble coincée.

Elle voulut la débloquer, mais retira vivement sa main :

– C'est brûlant ! Je ne sais pas très bien com…

– N'y touche surtout pas ! s'interposa Dylan. D'après Cab, la vapeur qui en sort provoque au minimum des brûlures au troisième degré ! Nous devons demander de l'aide !

J'étais de son avis, et je le priai de me mener à l'interphone. J'appuyai sur le bouton : rien ne se produisit.

– Hé ! Il y a quelqu'un à l'écoute ? lançai-je. On a un problème à la chaufferie !

Pas de réponse.

– Qu'est-ce que c'est que ça ? grommela Dylan en soulevant un fil électrique effiloché qui aurait dû se raccorder à l'interphone.

Il avait été sectionné. On avait saboté la sono !

– Je file avertir quelqu'un, dis-je. Vous feriez mieux de sortir d'ici, vous aussi. On ne sait jamais…

– Ça pourrait exploser ! acheva Dylan.

Il brailla en s'élançant avec moi vers la sortie :

– Viens, Bess ! Fichons le camp !

Comme elle ne répondait pas, il retourna la chercher en courant.

J'avais atteint la porte. Elle s'avéra fermée : la poignée ne bougeait pas ! Après une ou deux tentatives inutiles, je pensai que c'était un effet de la chaleur excessive. Puis je compris.

– On a bloqué la porte ! hurlai-je.

Dylan revint en toute hâte – heureusement suivi de Bess –, et tenta de forcer la poignée.

– Je ne comprends pas, dit-il. On ne peut fermer qu'en donnant un tour de clef.

– On nous a enfermés exprès ! s'exclama Bess. Il faut qu'on sorte d'ici, et fissa ! La soupape est coincée. Si on ne peut pas faire baisser la pression, le bateau explosera !

– Tu entends ? fit soudain Dylan, me saisissant par un bras.

– Quoi ? fit Bess.

– *Baoum, baoum…*

– Dylan, ce n'est pas le moment de blaguer ! s'insurgea-t-elle.

Soudain, j'entendis moi aussi.

Le bruit venait de la soute.

– Il ne plaisante pas ! Qu'est-ce qu'il y a,

par là ? demandai-je, gagnant la porte d'un bond.

Je soulevai le loquet, et ouvris. Nelson en sortit d'une démarche vacillante. Il n'avait pas l'air bien.

– Oooh, ma tête ! gémit-il en se laissant tomber sur le tabouret le plus proche.

Les relents d'une odeur écœurante, familière me vinrent aux narines.

– De l'éther ! Qui vous a drogué ? demandai-je en le secouant par l'épaule.

Il leva vers moi des yeux rougis, en focalisant son regard avec difficulté.

– Je me sens mal, mais mal..., marmonna-t-il.

– Si tu ne reprends pas tes esprits en vitesse, tu ne sentiras bientôt plus rien du tout ! intervint Dylan, le secouant à son tour.

Bess se mit elle aussi de la partie :

– Nelson, la chaudière ! Il n'y a plus moyen de contrôler la pression ! La soupape est coincée. Nous avons besoin de votre aide ! Tout de suite !

M'emparant de la serviette jetée autour du cou de Dylan, je courus la tremper dans le refroidisseur à eau, puis revins la plaquer sur le visage de Nelson :

– Réveillez-vous ! C'est grave !

Le contact du linge glacé eut quelque effet.

Un peu ranimé, Nelson se mit debout et, tant bien que mal, suivit Bess.

– Hé ! s'exclama-t-il. On a oblitéré ce truc !

Bess regarda le tuyau qu'il désignait et pâlit.

– Nancy, dit-elle, j'ai choisi un bouchon tout pareil à la quincaillerie, hier. Il figurait sur la liste des fournitures à acheter.

14. Au point mort

– Tu as acheté ce bouchon ? s'étonna Nelson. Pourquoi ?

– Parce qu'il était sur ma liste ! répéta Bess, dont la lèvre inférieure s'était mise à trembler.

– On n'a pas le temps de s'occuper de ça maintenant ! intervins-je. Nelson, que faut-il faire ?

L'homme d'équipage passa sa main sur son front.

– Laissez-moi réfléchir, j'ai l'impression d'avoir le cerveau dans du coton... Bon... il faut couper l'alimentation en combustible. Où est mon talkie-walkie ?

Il fouilla ses poches, sans succès.

– Celui qui a saboté la sono vous l'a pris ! m'écriai-je.

– Non, non, je suis sûr qu'il est quelque part par ici, soutint Nelson en titubant jusqu'au bureau.

Il dénicha l'appareil, et contacta le poste de pilotage, pour avertir qu'il allait couper l'alimentation en combustible des machines.

– …et envoyez quelqu'un ! continua-t-il. La porte de la chaufferie est verrouillée. On a un sacré problème sur les bras, capitaine ! Dépêchez-vous !

Il disparut dans un autre secteur de la salle des machines, escorté par Bess. Il reparut quelques instants plus tard avec une boîte à outils. Je le regardai vérifier l'indicateur de la jauge. Il redescendait, s'éloignant de la zone danger.

– Ça prendra un moment avant que la pression revienne à la normale. En attendant, le bateau sera immobilisé.

– Qui a pu nous jouer ce tour de cochon ? s'interrogea Dylan, qui rapportait de l'eau fraîche pour Nelson.

– Quelqu'un qui voulait que ce bateau s'arrête avant d'atteindre River Heights, devinai-je.

– Cab ne sera pas content, observa Nelson. Il a horreur de relancer les machines après un calage.

– À propos, où est Cab ? lui demandai-je. On m'avait affirmé qu'il était ici.

– Il s'est rendu à la timonerie un peu avant qu'on m'expédie dans les vapes. Il était à l'autre bureau, là, lorsque son biper est tombé en panne. Je suis allé dans la soute, il est remonté sur le pont supérieur.

– Vous l'avez vu partir ? demandai-je à Bess et à Dylan.

– Non, et je ne l'ai pas vu arriver non plus, dit mon amie. Nous étions dans l'atelier, en train de réparer le fauteuil. On n'a rien entendu jusqu'à ce que tu débarques.

Soudain, la porte de la chaufferie s'ouvrit toute grande. Cab entra, appuyé sur sa canne, l'air horrifié.

– Qu'est-ce qui s'est passé, bon sang ? tonna-t-il. Vous allez bien, les enfants ?

Il était escorté par le capitaine Mike, fou de rage. Sachant maintenant qu'il faisait partie des « bons », je fus plus qu'enchantée de le voir. Je me sentais plus en sécurité !

– C'est inadmissible ! s'écria-t-il. Passe encore qu'on vole un collier ! Mais là, le bateau aurait pu être réduit en bouillie ! Il y aurait pu y avoir des morts ! J'appelle McGinnis tout de suite. Je veux qu'il m'envoie des agents ! Je veux que cette affaire soit résolue !

Il me jeta un regard flamboyant mais cela m'était égal. J'aurais aimé lui apprendre que j'étais pratiquement sûre d'avoir identifié le coupable. Mais je manquais d'indices concluants. Et il me fallait une certitude, si je voulais garantir la sécurité des passagers.

– Comment t'es-tu retrouvée enfermée ici ? me demanda-t-il.

– J'étais descendue chercher Cab.

Je me tournai vers ce dernier :

– Où étiez-vous passé ? D'après Nelson, vous vous trouviez ici juste avant qu'on l'envoie dans les vapes avec un anesthésique.

– Nelson a été drogué ? fit Cab, boitillant jusqu'au mécanicien. Ça va, mon pote ?

– Maintenant, oui, répondit Nelson. Mais on a eu chaud, c'est le cas de le dire ! Dix minutes de plus, et la chaudière explosait, Cab !

– Je sais bien, je sais bien, compatit Cab.

Il se tourna vers moi :

– J'étais en route pour la timonerie. Je n'y suis pas allé tout de suite. Je me suis arrêté dans la cabine d'Hillary. Tu sais qu'elle est ma nièce ?

– Le capitaine me l'a appris, oui. Et vous n'avez vu personne ?

– Pas âme qui vive.

15. Le chaînon manquant

La Magnolia Belle était donc immobilisée, et moi, en manque d'indices pour appuyer ma thèse. Comment convaincre le chef McGinnis que Cab Mitchell était à l'origine du vol et de tous les incidents qui s'ensuivirent ? Le puzzle était incomplet...

J'avais besoin d'échanger des idées avec mes amies pour faire le point. Mais Bess travaillait avec Dylan, et George avec sa mère. En pensant à la cuisine, je m'avisai que je n'avais rien avalé depuis le dîner de la veille, en dehors d'une barre énergétique. J'avais une faim de loup ! Je trouverais peut-être de quoi me confectionner un en-cas passable dans le réfrigérateur et le garde-manger, tout en prenant l'avis de George…

Une demi-heure après, tandis que le personnel qui n'était pas en service déjeunait dans la salle à manger, je dévorais un sandwich en cuisine, auprès de mon amie.

– Le problème, expliquais-je entre deux bouchées, c'est que je ne peux pas prouver l'implication de Cab, bien que j'en sois certaine. Pour commencer, il n'était pas dans la salle à manger lorsque le bijou a disparu.

– De plus, si l'empoisonnement de la chienne faisait partie d'un plan concerté pour voler d'autres bijoux à Mme Mahoney, Cab ne peut pas en être responsable.

– Pourquoi ?

– Parce que Fizzy Lizzy aurait aboyé en faisant un boucan de tous les diables rien qu'en le voyant ! souligna George.

– Conclusion, enchaînai-je, son complice n'effraie pas la chienne ; il peut aller et venir discrètement…

– … et rapidement !

Je jetai mon assiette en carton dans la poubelle proche du garde-manger en poussant un soupir. Ayant enveloppé une demi-baguette restante, j'allai la mettre dans la boîte à pain en inox. Quelque chose capta mon regard, au moment où je l'ouvrais. Une feuille était coincée entre elle et le mur. J'écartai la boîte et récupérai le papier. C'était une feuille d'environ trente centimètres sur quarante, surchargée de cercles, noms et chiffres.

George, qui était venue regarder par-dessus mon épaule, observa :

– Bizarre ! C'est un plan du placement des gens…

– Exact. Pour le dîner-mystère.

Alors que j'allais le flanquer à la corbeille, je remarquai que, sur ce schéma, Mme Mahoney occupait la table du premier rang située *de l'autre côté de la scène*. Il y avait eu une substitution à la dernière minute. La placer à gauche, et non à droite de la salle pouvait être une inversion involontaire, facilement explicable. Selon Ken, c'était Hillary qui avait reconstitué le plan… Or, me souvenant soudain d'un élément précis qui la concernait, je fus certaine que cet échange n'avait rien d'une erreur !

Quittant aussitôt la cuisine, je lançai à George :

– Je crois avoir pigé ! Je suis presque certaine de savoir qui opère avec Cab !

– Où vas-tu ? me cria-t-elle.

Je ne me donnai pas la peine de répondre. Il n'y avait pas une minute à perdre. Si mon intuition était juste, il fallait que je repère la chambre d'Hillary pendant que le personnel de service et l'équipage déjeunaient encore.

Je savais que la cabine d'Hillary se trouvait sur le pont inférieur, à quelques portes de celle de George. J'abaissai la poignée, mais la serrure était verrouillée. Je sortis une carte de crédit de mon portefeuille, la glissai avec précaution dans la rainure entre la serrure et le battant. Le verrou céda.

La cabine d'Hillary ressemblait à n'importe quelle chambre d'étudiante, avec sa ribambelle d'affiches au mur. Au bout de quelques instants, je réalisai pourtant que ces posters avaient un caractère particulier : ce n'étaient pas des portraits de stars de cinéma ou de rock. Hillary affectionnait les affiches de cirque. Et toutes concernaient la même troupe ambulante : Bartholomew & Bartlett Traveling Circus.

J'appris par les inscriptions en petits caractères qu'elle était basée à La Nouvelle-Orléans. Son logo était une tête de clown, identique à celle qui était tatouée sur le mollet de Cab. Donc, Cab en faisait partie. Allez savoir pourquoi, il avait négligé de le mentionner sur son CV ! Ce n'était pas tout : un petit chien blanc figurait sur plusieurs affiches : « La Stupéfiante Delta, la créature extraordinaire qui défie la mort. » *Delta*… N'était-ce pas le nom que Cab avait donné à Fizzy Lizzy lorsqu'elle l'avait mordu ?

Le plus vite possible, je passai en revue les affaires d'Hillary, sans rien dénicher de probant. Puis je remarquai au pied de sa couchette une antique malle de cabine. Je m'agenouillai pour l'ouvrir. Le tiroir supérieur contenait un amas de programmes, dépliants, coupures de journaux. Ils concernaient diverses représentations du cirque en question, qui avaient toutes eu lieu dans le Sud profond, essentiellement de petites villes de Louisiane et d'Alabama. Je survolai les programmes du regard, cherchant le nom de Cab Mitchell. Il n'était mentionné nulle part.

Intriguée, je sortis le tiroir. Je découvris dessous des costumes de danse orientale : amples pantalons de soie et corsages pailletés. Ils semblaient à la taille d'Hillary, et elle aurait été superbe avec, c'est sûr. Il y avait aussi des programmes colorés, illustrés de dessins d'une certaine Helena, vedette d'un numéro de magie : elle était le sosie d'Hillary.

J'en déduisis qu'Helena était le nom de scène de la serveuse.

J'avais eu un indice à ma disposition dès le début de la traversée, que je n'avais cessé d'oublier : Hillary effectuait des tours de magie ! Je l'avais même vue à l'œuvre avec un enfant, sur le quai. Et lors du vol du collier, elle était présente dans la salle.

Je regardai sous les costumes. Tout au fond de la malle, j'entrevis une liasse de coupures de presse, que je pris et passai en revue. Elles étaient classées par date de parution. Je commençai par lire les plus anciennes, remontant à environ neuf mois.

Il en ressortait que le cirque Bartholomew & Bartlett avait vécu une sorte de tragédie. Un certain Callum Moore avait été blessé à la jambe lorsqu'un incendie s'était propagé à partir d'une tente de spectacle. La perte avait été considérable pour le cirque ; sa dissolution avait été envisagée.

Je m'avisai tout à coup que Callum Moore avait été atteint à la jambe gauche – comme Cab. Cab avait donc un alter ego : Callum Moore ! Voilà pourquoi et comment Cab Mitchell s'était évaporé dans la nature ! Depuis son départ de la marine, il avait vécu sous un nom d'emprunt – peut-être même plusieurs.

Je commençai à me demander ce que dénicherait George si elle entrait le nom de Callum Moore dans son ordinateur…

Je lus avidement le reste des articles, postérieurs d'environ un mois. Les villes où s'était produit le cirque Bartholomew & Bartlett avaient toutes connu des vols de bijoux de grande valeur. Au début, on n'avait établi aucun lien avec la présence du cirque, car aucune des victimes ne s'était rendue au spectacle. Mais, lorsque la série de cambriolages s'était interrompue, les autorités en étaient venues à deux conclusions : quelqu'un qui n'était plus dans la troupe avait eu partie liée avec les voleurs ; et ce quelqu'un se rattachait à un vaste réseau de vol de bijoux, à l'échelon national et peut-être même international – car les pièces dérobées avaient reparu à New York et à Londres dans des salles de vente aux enchères très connues.

Je n'eus pas besoin d'en lire davantage. Comme je remettais en place les coupures, je remarquai au fin fond de la malle une enveloppe blanche. Elle portait l'en-tête d'un vétérinaire de La Nouvelle-Orléans. À l'intérieur, deux comprimés sous enveloppe d'aluminium, identiques à celui que j'avais trouvé dans la corbeille de Mme Mahoney.

Comme George l'avait justement fait observer, Cab n'avait pas pu empoisonner la chienne. Et je savais pourquoi Hillary avait dû s'en charger : Fizzy Lizzy avait confiance en elle et détestait Cab. J'entrevis l'explication de cette haine avec un frisson ! La tendance à la cruauté de Cab envers les animaux ne m'avait pas échappé. S'il avait été mêlé au dressage de Delta-Fizzy, la chienne avait sûrement des raisons de lui en vouloir !

Comme je refermais la malle, je sentis soudain contre ma nuque un objet froid et dur.

– Ne bouge pas ! m'ordonna une voix de femme.

C'était Hillary.

– Lève-toi lentement !

– Hillary..., fis-je.

J'esquissai une volte-face ; elle me précipita à genoux d'une bourrade. Avant de m'écrouler, je réussis pourtant à voir ce que je voulais : ce n'était pas un revolver qu'elle appuyait contre moi, mais le goulot d'une bouteille de soda. J'avais donc des chances de m'en tirer ! Je m'efforçai de garder mon sang-froid, de réfléchir à ce que j'allais tenter. Je devais la distraire en la faisant parler, pour commencer.

– J'ai tout compris, Hillary ! Tu as volé le collier de Mme Mahoney avec ton oncle ! Vous ne vous en tirerez pas comme ça, sois-en sûre !

Je bluffais, évidemment. Si George savait que je soupçonnais Cab, elle n'avait, en revanche, aucune idée de la complicité d'Hillary.

– Oh, mais je m'en tire parfaitement, et Cab

aussi ! D'accord, tu es futée d'avoir pigé. Même si tu te trompes sur un point : je n'ai aucune parenté avec Cab. C'est l'homme de main de l'opération. Celui qui sait y faire pour trafiquer une chaudière, ou provoquer une panne de courant quand on le lui demande… Je me suis servie pour ça de mon biper, plastronna-t-elle. Comme ça !

Elle joignit le geste à la parole, dans l'intention d'appeler Cab à la rescousse, j'imagine. Elle continua à pavoiser :

– J'opérais dans la salle à manger, bien sûr. Il était aux machines.

– Donc, son infirmité est simulée ?

– Non. Il a été salement amoché lors de notre dernière représentation à Baton Rouge. Mais mes oncles – les vrais – le jugent toujours utile.

Pendant qu'elle parlait, je réussis à pivoter face à elle. J'étais toujours à terre. Je vis que, dans sa satisfaction, elle oubliait la bouteille de Coca qu'elle tenait en main : son emprise commençait à se relâcher. À l'instant où elle se lançait dans une description complaisante de la façon dont elle s'était emparée du collier, d'un bond, je me mis debout et lui portai par surprise un coup à la tête.

Elle perdit momentanément son équilibre. L'instant d'après, elle répliquait à mon attaque, et je m'aperçus qu'elle savait se battre. Après une courte lutte, je réussis à la plaquer au sol, face contre terre. Je dus m'asseoir à califourchon sur son dos pour l'immobiliser.

– Laisse tomber, lui dis-je. Rends-toi.

Presque au même instant, la porte s'ouvrit derrière moi, me heurtant à l'arrière du crâne. Je vis trente-six chandelles, et desserrai mon étreinte. Hillary se jeta sur moi, ramena mes bras derrière mon dos d'un coup sec.

Cab entra alors dans la cabine en boitillant, puis verrouilla la porte. Je me contorsionnai, cherchant à me libérer. Il éleva sa canne au-dessus de ma tête.

– Si tu es aussi intelligente qu'il y paraît, tu resteras tranquille et tu feras ce que je te dis, mademoiselle la détective. Debout ! Assieds-toi sur cette chaise, et silence !

Hillary me releva, et me poussa sur la chaise.

– Cab, vous perdez la tête ! m'écriai-je. Voler un collier, c'est une chose. Une agression caractérisée, une tout autre ! Quand vous serez pris, vous en prendrez pour un bail !

– Peut-être bien que oui, peut-être bien que non. Quoi qu'il en soit, tu n'auras pas grand-chose à y voir. Lie-lui les mains derrière le dos, acheva-t-il en s'adressant à Hillary.

Elle tira une écharpe d'un tiroir et me lia les

poignets. Quand elle eut fini, Cab lui ordonna :

– Va dans ma cabine. Tu trouveras dans mon casier un flacon en verre. Apporte-le avec une serviette.

Elle sortit, et il continua :

– Tu commences à être vraiment gênante ! Il va falloir y remédier !

– Ils retrouveront le collier tôt ou tard, le provoquai-je, dans l'espoir de lui faire lâcher à quel endroit il l'avait caché.

– Ça m'étonnerait. Tu n'as toi-même pas la moindre idée de sa cachette.

Hillary revint. Voyant le flacon qu'elle tenait, je compris l'intention de Cab. Mon cœur se mit à battre la chamade. Il fallait que je me sorte de là, et vite !

– Cab. Ne faites pas ça ! lui dis-je.

Cela ne l'empêcha pas d'avancer sur moi en ordonnant à Hillary :

– Penche-la en arrière !

– Avec plaisir, répondit-elle, en me saisissant par les épaules.

Horrifiée, je regardai Cab ouvrir le flacon, imbiber la serviette d'un liquide malodorant. Je hurlai, mais il étouffa aussitôt mes cris, appuya la serviette contre mon visage. L'odeur nauséeuse révolta mon estomac, me submergea, et je luttai pour ne pas céder à l'anesthésique, pour bloquer ma respiration.

Je me débattis, décochant des coups de pied à l'aveuglette. Cab poussa un cri. Je reçus un coup au tibia, que je sentis à peine. Mon seul et dernier souvenir, ce sont les mots railleurs de Cab :

– Fais de beaux rêves…

Et puis, plus rien.

16. Par-dessus bord

Ce fut un battement sourd, régulier, vrillant mon crâne, qui me réveilla.

J'essayai de soulever mes paupières, mais elles semblaient peser une tonne. « Où suis-je ? », me demandai-je. Je n'étais pas à la maison dans mon lit, c'était sûr. Je sentais sur ma peau un air frais et humide. Quelque chose de rugueux et dur pesait sur moi. J'avais horriblement mal à la tête, et le battement semblait résonner dans mon corps et tout autour de moi.

J'avais le crâne douloureux comme si je m'étais heurtée à quelque chose. Mais à quoi ? Je voulus tâter mon front, et m'aperçus que je ne pouvais pas bouger les mains. Mes doigts se replièrent sur une écharpe en soie, et, en la palpant, je me rappelai tout : la cabine, les affiches, Hillary et Cab, la serviette imbibée d'éther.

Ils m'avaient droguée puis traînée quelque part. Ils m'avaient aussi bâillonnée.

De l'éther... cela expliquait mes nausées et ma migraine. Mais qu'était ce battement régulier, permanent – comme un *tchouc-tchouc* familier ?

Il fallait que je *voie* où j'étais ! Je réussis à ouvrir les yeux, et pourtant, je ne distinguai que du noir. J'étais confinée dans un espace clos. Cillant à plusieurs reprises, j'attendis d'être accoutumée aux ténèbres. Une bâche ! J'étais sous une bâche !

Tout à coup, je sus exactement où je me trouvais. Le *tchouc-tchouc* venait du moteur de la *Magnolia Belle*. S'il était de nouveau en marche, j'étais donc restée inconsciente des heures durant. Je m'étais rendue chez Hillary dans l'après-midi ; maintenant, la nuit était là. Voilà pourquoi il faisait frisquet. Le brouillard tombé, nous revenions vers River Heights. Quant à moi, je me trouvais dans un canot de sauvetage.

Hillary et Cab m'avaient dissimulée sous la toile de bâche. Ils avaient sûrement pris la poudre d'escampette ! Mais si je réussissais à sortir de ce canot, je pourrais alerter le chef McGinnis et le capitaine – à temps peut-être pour qu'on les capture !

Je me contorsionnai au fond du canot, cherchant à me rapprocher d'une dame de nage. Puis je me redressai en position assise, effleurant la toile. Après plusieurs tentatives infructueuses, je réussis à accrocher l'écharpe à la dame de nage et tirai sec. Le tissu craqua, se déchira, et mes mains se retrouvèrent libres.

J'arrachai mon bâillon, prête à appeler à l'aide. J'entendis alors la voix de Cab, et me figeai.

Il était toujours à bord ! Pourquoi ?

Il s'adressait à quelqu'un. Au début, il était trop loin pour que j'arrive à saisir ses paroles. Mais, à mesure qu'il approchait, je distinguai :

– On va descendre le canot. On n'est pas très loin de l'île.

– Oncle Jake et Pete C. doivent nous attendre, répondit Hillary.

Ainsi, elle était encore sur le bateau, elle aussi ! Et ils projetaient de faire la belle avec le canot où je me trouvais ! Mon sang se glaça. Il fallait que je sorte de là pour obtenir du secours !

– J'espère qu'ils n'en ont pas marre, reprit-elle. Cette fichue Nancy Drew nous a mis des bâtons dans les roues ! On devrait s'en débarrasser !

– Oublie ça ! Nous la laisserons sur l'île. Quelqu'un l'y trouvera tôt ou tard. Tard de préférence ! s'écria Cab. Le vol est une chose, le meurtre une tout autre. Je ne tue pas les gens, moi.

– Pas intentionnellement…, rectifia Hillary, sarcastique.

– Oui, eh bien… un accident est toujours possible.

– Pareil que dans l'incendie du cirque, c'est ça ? Deux morts. Comme l'a dit mon oncle, si tu es pris, tu seras sous le coup d'une inculpation pour meurtre ; avec préméditation, si ça se trouve.

– Avec des « si », on mettrait Paris en bouteille ! Je n'ai nullement l'intention de me laisser coffrer ! Pas question. Bon, allons-y !

C'était le moment ou jamais de passer à l'action. Je saisis un coin de la bâche et la rabattis vivement vers l'extérieur, dans l'espoir qu'elle envelopperait les têtes de Cab et d'Hillary. Puis je sautai du canot. Hélas, sonnée par l'éther, j'avais les jambes plus molles que du coton. J'atterris juste à portée du bras musculeux de Cab Mitchell.

– Tiens, tiens ! Voyez un peu ce que nous

avons là ! fit-il en plaquant une main sur ma bouche et en m'immobilisant.

Je marmonnai et me débattis un instant, avant de feindre l'incapacité de réagir.

– Bonne fille. Inutile de lutter, grogna Cab.

– Qu'est-ce qu'on fait ? demanda Hillary avec un accent de panique. On ne peut pas traîner sur ce pont ! Les gens auront bientôt fini de dîner et…

– Et Nancy a sauté de la poêle à frire pour aller droit dans le feu. Ou plutôt, la flotte !

– Mais elle a tout entendu, Cab ! Et elle a les bras libres, il faut la ligoter pour qu'elle ne puisse pas nager !

– On n'a pas le temps. Aucune importance, d'ailleurs, elle aura bien d'autres problèmes !

Il tira un bandana de sa poche, et me l'enfonça dans la bouche. Me saisissant sous les aisselles, il ordonna à Hillary :

– Prends-la par les jambes.

Je me débattis comme une forcenée, essayant de hurler malgré mon bâillon.

Bon sang, pourquoi n'y avait-il personne dans les parages ?

Tous mes efforts furent vains. J'étais trop affaiblie – et mes adversaires trop robustes.

Ils m'emmenèrent vers la poupe, s'arrêtèrent devant le bastingage.

– On compte jusqu'à trois, dit Cab. Un… deux… trois !

Là-dessus, ils me balancèrent par-dessus bord.

17. Secrets

Je sombrai avec un grand *plouf!* et, me débarrassant de mes mocassins d'un mouvement de jambes, je me propulsai vers la surface. J'avais du mal à reprendre mon souffle, mais le contact brutal de l'eau froide avait secoué mon hébétude. Faisant du surplace dans l'eau écumante, j'enlevai tant bien que mal mon sweat-shirt pour me retrouver en short et débardeur. C'était toujours ça. Au moins, le poids de mes vêtements mouillés ne m'attirerait pas vers le fond.

Pour un peu, j'aurais presque crié de joie. Si Cab Mitchell s'était imaginé me réduire au silence en me jetant dans le fleuve, il allait avoir la surprise de sa vie ! Même si je n'étais pas très en forme à ce moment-là, je suis bonne nageuse, très résistante sur de longues distances.

Essuyant mon visage dégoulinant d'un revers de main, je regardai autour de moi pour me repérer. Je me trouvais du côté du navire le plus éloigné de la terre. Vers l'avant de la *Magnolia Belle*, le canot venait d'amerrir. Cab donna du mou aux cordes qui avaient permis de le descendre du haut du pont, remit une rame à Hillary, et gagna le siège situé à l'arrière.

J'avais deux options : me rapprocher du vapeur et grimper par les cordes pour donner l'alerte, ou suivre le canot à la nage. Je pouvais très certainement le pourchasser jusqu'à Stony Lonesome Island... Je vis que Cab s'affairait à l'arrière. Avant que j'aie pris ma décision, le vrombissement d'un moteur hors-bord s'éleva. L'embarcation vira et fit route à contre-courant, vers l'amont.

Soit. J'allais donc regagner *La Magnolia Belle* ! Je me ferais de sacrées ampoules en grimpant aux cordes, mais c'était le cadet de mes soucis !

Cependant, plus je m'efforçais de remonter vers l'avant du vapeur, plus je me voyais ramenée vers la poupe. Je n'avais jamais nagé dans cette partie de la Muskoka. Le courant était violent, par ici – plus qu'il ne l'aurait dû.

Soudain, à ma grande horreur, je compris pourquoi. Le mouvement de progression de la *Magnolia Belle* combiné à l'action de la roue à aubes rendait les eaux plus que dangereuses ! Si Cab m'avait jetée par-dessus bord du côté de la poupe, c'était à dessein : il avait escompté que je referais surface sous les immenses aubes en bois !

Galvanisée par le danger, je nageai de toutes mes forces à l'écart du vapeur, vers le milieu du fleuve. Pendant un moment, je crus que mes efforts étaient vains. Enfin, je vis que je m'éloignais peu à peu, progressant vers un secteur moins agité.

Au moment où j'y parvenais, l'immense faisceau d'un projecteur balaya la surface des eaux, m'aveuglant de sa clarté. Il n'y avait qu'une source de lumière aussi puissante à River Heights : celle du patrouilleur de la police fluviale ! Soulevée de joie, je levai un bras en l'air et hurlai en faisant de grands gestes :

– Par ici ! Par ici !

En quelques instants, le patrouilleur m'eut rejointe. Je reçus un choc en voyant à bord le chef McGinnis. L'officier de police Joe Rees l'accompagnait, ainsi que le sergent Emily Kim et un autre policier que je ne reconnus pas. Le chef m'aida à me hisser hors de l'eau. Je vis passer une authentique expression d'inquiétude sur son visage. Elle ne dura que le temps qu'il m'enveloppe d'une couverture. Je m'aperçus avec étonnement que je frissonnais.

– D'où sortez-vous ? lâchai-je.

Joe Rees eut un large sourire.

– Lorsque tu as disparu, le capitaine Mike a envoyé au chef un message radio pour demander de l'aide.

– Nancy, tu es bien la dernière personne que je pensais repêcher dans ces eaux ce soir ! Dans quel pétrin t'es-tu fourrée, cette fois ? grommela le chef McGinnis pendant que le patrouilleur virait pour se diriger rapidement vers *La Magnolia Belle*.

Je ne me donnai pas la peine de répondre. Je lâchai en claquant des dents :

– C'est Cab. Cab Mitchell et Hillary Duval. Ils sont complices. Ce sont des voleurs de bijoux.

– Tu les as pris en possession du collier ?

Je fis un signe de tête négatif.

– Non. Ils l'ont dissimulé je ne sais où. Mais, pendant que nous parlons, ils se dirigent vers Stony Lonesome Island dans un canot de sauvetage. Ils doivent retrouver Jake, un oncle d'Hillary, et un certain Pete C. Je les ai entendus en parler.

– Jake *Duval* ? lâcha l'officier Rees avec un long sifflement. Il est relié au gang Tarkovsky, dans l'Est.

– Des coriaces. Quant à Pete C., nous savons tous qui il est, dit le chef McGinnis.

Ce n'était pas mon cas, mais le moment était sans doute mal choisi pour poser des questions. Je m'avisai soudain que nous étions sur le point de rejoindre le vapeur. Une demi-heure plus tôt, le pont était désert. Maintenant, il était envahi de monde. Je repérai Ned, penché par-dessus le bastingage, m'adressant des signes frénétiques ; et puis George, Bess, Mme Mahoney. Mme Tucker se tenait près d'elle, Delta-Fizzy dans ses bras.

J'agitai la main dans leur direction.

– Je te ramène à bord, dit le chef, et puis j'envoie une équipe sur l'île.

– Non ! criai-je. Il faut aller sur l'île tout de suite !

Peut-être à cause de mon agitation, ou parce que ma voix avait porté, Fizzy Lizzy bondit hors des bras de sa maîtresse d'adoption, fusa par-dessus la rambarde, et atterrit dans l'eau, tout près de nous.

– Ma chienne ! hurla Mme Tucker.

Mais déjà, l'officier Rees repêchait la petite créature dans le fleuve. Fizzy Lizzy se secoua, puis se précipita sur moi et me lécha la figure.

– Qu'est-ce qu'il lui a pris ? fit le chef, dérouté.

Je n'en savais rien, et d'ailleurs, la chienne était le cadet de mes soucis !

– Écoutez, chef, plaidai-je, il n'y a pas à s'inquiéter de moi, je me sens très bien. Chaque minute qui passe rapproche Cab et Hillary de leurs complices ! Ils ont projeté leur fuite, j'en suis sûre !

– Elle a raison, chef, approuva le policier qui était à la barre. Regardez !

Et il désigna, en amont, les lumières du canot qui se fondait à l'horizon.

– Très bien, Nancy, tu as gagné. Mais quand nous serons là-bas, tu resteras dans ce bateau avec la chienne. C'est un ordre !

Je fus bien obligée de promettre au chef que je ne ferais pas un pas.

Lorsque nous atteignîmes Stony Lonesome Island, le canot de *La Magnolia Belle* n'était pas en vue. Les policiers jetèrent l'ancre dans les eaux peu profondes du littoral et partirent, me laissant à bord avec Fizzy Lizzy, une réserve d'eau et une lanterne de secours.

Je suis une fille qui tient ses promesses, en

général. Alors, ce qui se passa ensuite est la faute de la chienne. C'est la vérité !

Les quatre hommes pataugèrent dans les bas-fonds, puis traversèrent la plage en toute hâte, se dirigeant vers le versant ouest de l'île – une zone boisée dotée d'une crique bien abritée : la cachette toute désignée pour un bateau.

La lune brillait haut dans le ciel, et je gardais l'œil sur la plage. Mon expérience m'a appris que les criminels agissent rarement selon la logique policière !

Soudain, Fizzy Lizzy émit un grognement sonore.

– Qu'est-ce qu'il y a ? chuchotai-je en la retenant par son collier.

Elle grogna de nouveau. Tout à coup, elle m'échappa, se jeta à l'eau, et barbota jusqu'à la rive ! Je n'avais pas d'autre choix que de la suivre ! Prenant la lanterne, je descendis dans les eaux basses, et marchai jusqu'au rivage.

Fizzy était déjà sur le sable, se secouant pour se sécher. Puis elle trotta avec décision vers les falaises et les cavernes situées à l'est de l'île.

Comme j'étais pieds nus, je progressai assez lentement dans le sable et à travers bois, espérant de toutes mes forces qu'il n'y avait pas de sumac vénéneux dans les parages !

Il y avait cependant un sentier, très étroit, mais facile à suivre au clair de lune. Il serpentait à travers de gros rochers, puis débouchait soudain au pied des falaises. Je me retrouvai devant une des fameuses grottes dont avait parlé Luther.

Fizzy Lizzy était parvenue là avant moi. Plantée devant une caverne, la chienne grondait et aboyait – tapie comme pour bondir à l'attaque. Sa conduite ne révélait que trop bien qui était à l'intérieur ! Aussi ne fus-je pas surprise d'entendre la voix de Cab :

– Emmène cette chienne, bon sang !

Il n'eut pas plus tôt proféré ces mots que Fizzy se précipita dans la grotte. Je traversai en courant l'étendue herbeuse et projetai la lumière de la lanterne à l'intérieur.

La caverne était peu profonde, et le puissant faisceau l'éclairait jusqu'au fond. Hillary était blottie contre la paroi du fond, l'air terrorisé. Cab se tenait plus près de la sortie. La lumière semblait l'avoir temporairement aveuglé. Il balançait des coups furieux au jugé. Pour finir, il expédia sa canne sur la petite chienne. Comme son geste était trop violent et mal ajusté, la canne atterrit derrière moi, dans les buissons, en heurtant un rocher avec un craquement sourd.

– Assez, Cab ! criai-je, car j'avais peur qu'il finisse par tuer Fizzy Lizzy.

Profitant de ma distraction momentanée, Hillary s'élança au pas de course hors de la grotte. Mais j'allongeai le pied, et elle tomba brutalement. Son visage buta contre une pierre.

– Aaaaah ! cria-t-elle.

Elle tenta pourtant de se relever. Je me hâtai de ramener ses bras derrière son dos d'un geste décidé.

À cet instant, des pas retentirent.

– Nancy… c'est toi ? demanda l'officier Rees.

Il surgit des fourrés avec deux collègues. Un instant plus tard, le chef McGinnis apparaissait à son tour dans la clairière.

– Ne laissez pas s'enfuir Cab ! criai-je.

Le chef éclata bel et bien de rire.

– Pas de danger ! Ce petit démon le tient.

Je levai les yeux. Fizzy Lizzy, muée en petite boule de haine, grondait et montrait les dents. Elle semblait sentir, cependant, qu'il suffisait de tenir Cab en respect.

– Vous devriez l'enrôler comme limier ! commentai-je.

Cab sortit enfin de la grotte, mains en l'air. Les policiers lui passèrent les menottes, ainsi qu'à Hillary. Comme ils avaient trouvé le canot de la *Magnolia Belle* dans la crique, ils décidèrent que nous nous scinderions en deux. Un groupe, dont Emily Kim, prendrait le patrouilleur pour ramener les coupables en ville, et les coffrer.

– Vous avez intérêt à éloigner cette chienne de moi, dit Cab, alors que le sergent Kim le poussait vers le sentier.

– Y'a pas de souci, fis-je.

J'avais emprunté une longueur de corde à Joe Rees, nouée au collier de Fizzy Lizzy en guise de laisse.

– Et la canne ? lança Hillary en regardant par-dessus son épaule. Comment Cab va-t-il marcher, sans ça ?

En effet, la canne ! Je me rappelai qu'elle avait échoué dans les buissons, à quelques mètres de l'orée de la piste. Je braquai le faisceau de ma torche dans cette direction, et vis luire quelque chose sur le fond de rochers.

– Elle est là ! annonçai-je.

En la ramassant, je constatai avec tristesse que le superbe pommeau était sectionné. À y regarder de plus près, je réalisai que la coupure était presque trop nette.

Explorant les mauvaises herbes, je trouvai la tête de chien sculptée. Comme je l'avais pressenti, elle s'adaptait parfaitement à l'autre partie de la canne. Je secouai cette dernière, ce qui produisit un cliquetis.

– Je rêve ! fis-je.

Le chef McGinnis, qui m'avait entendue, grommela d'un ton agacé :

– Qu'est-ce qu'il y a, encore ?

Je lui tendis les deux parties de la canne : le bâton, et le pommeau.

– Elle est creuse. Secouez-la… mais avec précaution ! l'avertis-je.

Lorsqu'il renversa la canne creuse, le collier d'émeraude d'Agnès Mahoney en tomba.

– Nom d'un petit bonhomme ! s'exclama-t-il.

Puis il me regarda, et ajouta à contrecœur :

– Bien joué, Nancy !

– Je commence par les bonnes ou par les mauvaises nouvelles ? demandai-je.

Le lendemain, Bess, George et moi étions confortablement installées dans les fauteuils et canapés du jardin d'hiver de Mme Mahoney. C'est un de mes refuges préférés, et cette dernière le sait bien. Elle m'avait invitée avec mes amies, ainsi que Luther, à savourer une collation avec elle et Mme Tucker. Seul Ned manquait à l'appel. Il accompagnait deux autres groupes de jeunes sur *La Magnolia Belle*.

– J'ai mon compte de mauvaises nouvelles, en ce qui me concerne ! dit Mme Tucker.

Fizzy Lizzy, rebaptisée Delta, était pelotonnée sur ses genoux. Mme Tucker avait décidé de l'adopter, et la gâtait déjà à outrance, lui donnant à manger de menus morceaux des délicieux canapés de Mme Mahoney.

– Il vaut mieux se débarrasser des choses désagréables d'abord, observa George.

– Je suis d'accord, dis-je. Alors, allons-y. Cab et Hillary sont sous les verrous, mais l'oncle d'Hillary et le type qui est relié à la mafia russe ont échappé à la police. Ils ont sans doute repéré le patrouilleur en route vers Stony Lonesome Island, et ils ont abandonné leurs complices sur place.

– Le sens de l'honneur de la pègre, ironisa Luther.

– Au fait, glissa Mme Mahoney, le chef McGinnis dit que Hillary avait repéré mes bijoux. Mais comment ?

– On l'ignore. Elle garde la bouche cousue à ce sujet. Il est probable que son oncle Jake est mêlé à cet aspect de l'affaire. Je reconnais que ce point inexpliqué m'inquiète un peu… En tout cas, j'ai appris des choses sur Fizzy… enfin, Delta. Apparemment, Hillary aime les animaux…

– C'est pourtant elle qui a drogué la chienne ! protesta Mme Mahoney.

– Exact, mais elle était censée *la tuer*. Elle a diminué la dose, espérant que Cab n'apprendrait pas qu'elle s'était contentée de l'endormir. Voici l'histoire : Cab a trouvé Delta dans un refuge lorsqu'elle n'était encore qu'un chiot. C'est lui qui l'a dressée, mais il s'est montré cruel pendant son apprentissage. En plus, il l'avait abandonnée dans l'incendie du cirque – qui était intentionnel. Lorsque Cab sera reconnu coupable de tous ses crimes, il ira à l'ombre pour un sacré bout de temps !

Bess soupira :

– Tout était si terrifiant ! Surtout lorsqu'il a bloqué la chaudière. J'ai découvert que c'est lui qui avait rédigé ma liste de courses à la quincaillerie.

Elle ne tarda pas à s'éclairer de nouveau :

– Mais il y a un truc super : j'ai un rendez-vous avec Dylan !

– Pour un match de boxe ? la railla George.

– Pff ! bouda Bess. En fait, continua-t-elle aussitôt en pouffant, il voulait se rendre au bowling ! Vous l'imaginez, maladroit comme il est ? La cata ! Du coup, j'ai insisté pour qu'on aille au cinéma. C'est *moi* qui conduis, évidemment !

Luther semblait s'ennuyer ferme, depuis quelques minutes. Je me hâtai de changer de sujet :

– C'est génial, Bess. À propos, Hillary donne du fil à retordre au chef McGinnis ! Elle a réussi deux fois à se libérer de ses menottes, et la deuxième, elle a même gagné la sortie du commissariat. On la rattrape tout le temps, évidemment, donc, pas de problème. Mais elle n'est pas seulement illusionniste. C'est aussi une authentique virtuose de l'évasion. C'était un de ses numéros dans son spectacle de magie.

Ayant marqué un temps d'arrêt, je continuai :

– Maintenant, la grande nouvelle ! *La Magnolia Belle* reste à River Heights toute la semaine. Avec le capitaine Mike aux commandes ! C'était un agent du FBI infiltré qui enquêtait sur la mafia russe. Mais son job de couverture lui plaît tellement qu'il a quitté la police en confiant l'enquête à un collègue. Il doit trouver un autre second, bien sûr, et faire réaliser une inspection complète des machines pour s'assurer que le bateau n'a pas souffert de l'incident de la chaufferie. Quand le vapeur sera en état, il y aura une deuxième édition de la croisière ! Mme Mahoney a réservé *La Magnolia Belle* dans ce but. Et tenez-vous bien : nous sommes invités !

– C'est le moins que je puisse faire pour vous remercier, surtout toi, Nancy ! dit chaleureusement Agnès Mahoney. Ce collier a une valeur inestimable. Pour le moment, il est à l'abri entre les mains de la police, à titre de preuve. Mais, dès que je l'aurai récupéré, je l'apporterai chez le bijoutier pour qu'il ajoute une chaînette de sécurité.

Nous lançâmes tous des vivats, et lui portâmes un toast.

Alors, George se tourna vers moi, et commenta avec un clin d'œil :

– La prochaine fois, j'espère qu'on se contentera de récolter des dons ! Et que notre détective préférée ne sera pas expédiée par-dessus bord !

FIN

Nancy Drew Détective

1. Vol sans effraction
2. Seule face au danger
3. Un piège pour Leslie
4. Danger en plein ciel
5. Action !
6. Disparitions en plein désert
7. Mission au Costa Rica
8. Sabotage !
9. Sécession
10. Une croisière périlleuse

Impression réalisée sur CAMERON par BRODARD ET TAUPIN
La Flèche en février 2008
N° d'impression : 45574

Imprimé en France